TAKE
SHOBO

公爵様の可愛い恋人

七福さゆり

Illustration
池上紗京

蜜猫
MitsuNeko

公爵様の可愛い恋人

contents

イラスト／池上紗京

公爵様の可愛い恋人

ずっと、ずっと、欲しくて堪《たま》らない男性《ひと》がいる。


綺麗なリボンも、大きくて美しい宝石も、レースも、ドレスもいらない。

彼が自分の恋人になってくれるなら、旦那様になってくれるのなら、一生裸で過ごせと言われても笑顔で過ごせる自信がある。

幼い頃からずっと欲しかった。

自分だけを見てほしい。

飽きるほど見つめ合いたい。

大人のキスをして、苦しいくらい抱きしめてもらいたい。

彼の逞《たくま》しい腕の中でなら、どんな恐ろしい何かが迫ってきたとしても怖くない。例え明日、世界が終るとしても……。

不思議ね。彼のことを想《おも》うと心が温かくなって、どんなことでもできるような気がしてくるの。

大好き……あなたが本当に大好きなの。

彼が辛いと感じる全てのものから守りたい。

支えたい。

悲しみを感じていたら癒《いや》したい。

それを許されるのは、自分だけでありたい。

大好きな、大好きな、レオナールお兄様――私はあなたが欲しいの。

罪を犯すことで彼を手に入れられると言うのなら、どんなことでも喜んでしてしまうに違いない。

たとえどんな罪を犯したとしても、私はあなたが欲しい。

こんな気持ちを抱ける男性《ひと》は、この世でたった一人、あなただけ――。

第一章　空回りの努力と残酷な未来

「『たとえどんな罪を犯したとしても、私はあなたが欲しい』……か。エミリーには詩の才能があるな。うちの妹は可愛いだけじゃなく、天才なのかもしれない……！　さすが私の妹だ！」

　スティルバイト国の次期国王であるヴィクトル・オージェは、溺愛している末の妹エミリーの部屋に留守の隙を見てこっそりと忍び込み、机の中に忍ばせている秘密の日記帳を取り出してペラペラ朗読していた。

　正確に説明すると声に出さずに読もうとしたが、あまりにも感動して気が付けば声に出していたのだ。

「きゃあああああああ！　やだっ！　ヴィクトルお兄様、何してるの⁉　それ、私の日記よっ……！」

　庭を散歩していい気分になって帰ってきたエミリーは、秘密の日記帳を読んでいる兄の姿を発見して驚愕《きょうがく》する。

「やあ、エミリー！　ああ、もちろん知っているよ。日記が見たくてこっそり入ってきたんだからね」

ヴィクトルは全く悪気がない様子でにっこりと微笑《ほほえ》むと、再び日記に目線を落とす。

「ちょっ……ちょっと待って！　これ以上読まないでっ！　いつも日記を勝手に見ないでって言っているじゃないっ！」

「そんな意地悪を言わないでおくれ。今回の日記も素晴らしかったよ」

「意地悪なのは、ヴィクトルお兄様だわ！」

エミリーは一生懸命怖い顔を作って怒って見せるものの、ヴィクトルは「怒った顔も可愛いよ」というばかりでちっとも恐れていないようだ。

「それよりもお前には詩の才能があるね。前から思っていたんだけど、今までの日記を全てまとめて発刊したらどうかな？」

「そ、そんなの嫌に決まってるじゃない！　駄目っ！　もうっ……返してっ！」

エミリーは慌ててヴィクトルの下《もと》へ駆け寄り、日記を取り返そうと手を伸ばす。しかしまだ日記の内容を堪能したい彼は、エミリーには届かないように手を思いきり上げた。

エミリーとヴィクトルの間には相当身長差がある。エミリーが爪先立ちをした上に指を思いきり伸ばしても、ヴィクトルの頭上にある日記帳には届くはずもない。

「嫌なのかい？　こんなにも才能があるのに……」

「才能なんてあるはずないじゃないっ！　返してっ！」

エミリーは謙遜しているわけではない。日記の内容は本人にとっても大変恥ずかしいものだし、もし誰かが見たとしたら「こ、これは……」と悶《もだ》えるほど、むず痒《がゆ》くなるものだった。ただヴィクトルは妹を溺愛しすぎて、彼女が書いたものはすべて素晴らしく思えるのだ。

「ああ、もうちょっとで読み終わるから待っていておくれ。そうだ。ゆっくり読ませてくれるのなら、後でチョコレートをあげよう」

「チョコレートなんていらないわっ！　もう、いいから返してっ！」

「じゃあ、クッキーも付けてあげよう」

「そんなのいらないわっ！　私、もう十六歳なのよっ！　子供扱いしないでっ！　というか、どうして机に鍵をかけて入れておいたはずの日記をヴィクトルお兄様が持ってるのっ⁉」

「鍵がかかっていると、開けたくなってしまうのはどうしてだろうねぇ」

ヴィクトルは青い瞳を細め、やれやれと言った様子でため息を吐く。

「そんなの知らないわ！　もう、返してくれないなら、ヴィクトルお兄様のこと、嫌いになっちゃうから！」

溺愛され過ぎて過干渉気味にされているとはいえ、エミリーも兄が大好きだ。嫌いになるといいつつも脅し文句にしているだけで、本当に嫌いになるわけではない。

ヴィクトルもそれをわかっているが、たった少しでも愛する妹に嫌われる可能性は潰しておきたいらしい。

「え、それは困るな。少々……いや、大分名残《なごり》惜しいけれど、また今度読ませてもらうことにしよう」

ヴィクトルはかなり気になる一言を残しながらも、素直に日記を返した。

「今度っ⁉　ま、また読むつもりなの？」

エミリーは両手で日記を抱えこみ、ヴィクトルから距離を取る。

「ああ、いや、なんでもないよ、今のは言葉のあやというやつだよ。それよりもこんなに好きなら、早く告白してしまいなさい。レオナールも大喜びするはずだ。堅物だけど、喜び過ぎて裸で城を一周するんじゃないかな？」

「レオナールお兄様がそんなことするはずないわっ！　……それにレオナールお兄様は、私のことをただの妹としか思ってないもの……」

日記の内容は日々の出来事を一割、残り九割はすべてエミリーの想い人であるレオナールへの気持ちを綴《つづ》っていた。

エミリー・オージェはスティルバイト国王家に生まれた末の姫だ。上には長兄であるヴィクトルを含めた二人の兄と一人の姉がいる。

姉のローラは他国に嫁いでスティルバイト国にはもういないが、嫁ぐ前はエミリーをたくさん可愛がってくれて、ヴィクトルと共に国王である父の政治を支えている次男のアベルも彼女を可愛がってくれていた。

そんな愛情いっぱいに育てられたエミリーの想い人は、レオナール・アスカリドという今年二十八歳になる青年だった。

長兄の親友で、アスカリド公爵家の嫡男だ。二年前に父親を亡くしたので、現在は彼が家督を継いでいる。

ヴィクトルの親友である彼はエミリーが生まれる以前より城に出入りをしていて、彼女が生まれてからは実の妹のように可愛がってくれていたのだ。

今でもその関係は、全く変わらない。……悲しいぐらいに。

「そんなことないさ。自分の気持ちをレオナールに直接伝えたことはないんだろう？」

「ないわ……」

「今から来る予定だから二人きりにしてあげようか。その時に伝えてみてはどうだい？」

「だ、駄目よっ！　そんなの無理……レオナールお兄様がもし私のことを少しでも妹じゃなくて、女性として見てくれていたら気持ちを伝えようとする勇気が出たかもしれないけれど、レオナールお兄様は本当に私のことを女性として見てくれないんだものっ！」

社交界デビュー用にとっておきのドレスを仕立ててもらった時なんて「少し胸元が開きすぎじゃないか？　風邪を引いては大変だ」という感想が真っ先に飛んできたし、エミリーがうんと小さい頃に彼がお土産で持ってきてくれたチョコレートを食べた時、小さな唇をチョコレートで汚してしまったことがあったのを覚えていて、未《いま》だにチョコレートを食べる時に「チョコレートの口紅を塗らないようにな」と注意される。

勇気を出して手を握っても、さらに勇気を出して抱き付いても、彼はエミリーを幼子のようにしか扱ってくれない。握り返してくれるその手も、抱き返してくれる腕の力にも、女性に対する愛なんて微塵《みじん》も感じない。家族に対する愛しか伝わってこない。

もしエミリーが気持ちを伝えでもしたら、さぞ気まずくなるに違いないし、避けられて二度と会ってもらえない可能性だってある。

そんなの嫌……っ！

「そんなことはないと思うよ。お前はこんなにも美しくて、愛らしいのだからね。その太陽の光のように眩《まばゆ》いブロンドが揺れるたびに、そのエメラルドのように美しい瞳を細めて愛らしく微笑むたびに、近くにいる男たちはうっとりしてお前から目を離せなくなるのだよ。お前に夢中にならない男なんていないさ。気持ちを伝えたら、何かが変わるかもしれない」

妹として愛してくれるのは嬉《うれ》しいけれど、ヴィクトルは身内の欲目が強すぎる。

そんなことはないと否定の言葉を口にすればさらなる恥ずかしいことを言われそうなので、エミリーは静かに首を左右に振って沈黙した。

「自分で気持ちを伝えられないのなら、私が伝えてあげようか。そうすれば、すぐにお前の願いは叶《かな》うはずだよ」

「それだけは絶対駄目っ！　駄目駄目！　絶対に駄目っ！　そんなことをしたら、ヴィクトルお兄様のことを本当に嫌いになるからっ！　……アイリスお義姉《ねえ》様に、ヴィクトルお兄様がとてもひどい意地悪をするって言っちゃうわよ？」

「おぉっと、それはよろしくないね」

アイリスとは、ヴィクトルの愛する妻だ。

数年前に盛大な結婚式を行い、今は第一子を妊娠している。妊娠中は健やかに暮らせるようにと現在は王都を離れて、空気のいい別荘でゆったりとした時間を過ごしていた。

ヴィクトルがこの世で最も恐れることは、アイリスに嫌われてしまうことだ。彼女の名前を出せば、これ以上レオナールのことは言われないだろうと安心していたら、

「でも、お前も十六歳だ」

と、追い打ちをかけられた。

十六歳――それは結婚適齢期ということを示している。

「ずっと私の下に置いておきたい気持ちでいっぱいだが、そろそろ誰かの下へ嫁ぐことを考えないといけないだろう？　どうせ嫁ぐのなら、好きな男の下へ嫁ぐ方がお前の幸せに繋《つな》がるんじゃないか？」

「それは、そうだけど……」

このままではいけないとわかっていても、なかなか勇気が出せない。望む関係になれないの

なら、この関係を崩したくないと強く思う。

こういうのを意気地なし……って言うのよね。

俯《うつむ》いていると、部屋の扉をノックする音が聞こえた。使用人とは違う。ノックの音だけでわかる。このノックの仕方は——

「レオナールお兄様っ！」

日記帳を胸に抱いたまま駆け寄ると、扉が開いた。

「ノックだけでよくわかったな」

予想通り、扉を開けた人物はレオナールだった。エミリーは愛《いと》おしい人の姿を映した瞳をキラキラと輝かせ、頬を薔薇色《ばらいろ》に染める。

「特徴があるから、すぐわかるわ」

「そうか。お前は耳がいいんだな」

「うふふ。すごいでしょう」

「ああ、すごい」

と言っても、エミリーがわかるのはレオナールのノックの仕方だけだ。大きな手に頭を撫《な》でてもらえると、胸がきゅんと甘い音を立てる。

凛々《りり》しい眉に高くてスッと通った鼻梁《びりょう》、思わずうっとりしてしまう程に麗しい。

アメジストのように美しい切れ長の瞳、新月の夜空を溶かしたような黒い髪は腰までの長さがあり、緑色のリボンで結んである。ちなみにこれはエミリーが贈ったものだ。彼は着飾ることに無頓着で、以前までは皮紐《かわひも》で結んでいた。

髪を伸ばしてるのも髪型にこだわりがあるわけではなく、短く切りそろえるとその長さを維持するために小まめに切らなくてはいけないのが面倒だからだ。

グレーのフロックコートに包み込まれたしっかりとした筋肉が付いた健康的な肢体は、ただそこに立っているだけなのに不思議な色気を孕《はら》んでいる。

ずっと見ていたいけれど、恥ずかしくてそれは無理だ。顔を見たくても、彼は兄以上に身長が高くて首を思いきり上げないと見えないし、せめて後ろ姿を眺めようとしても彼は勘が鋭いらしく、すぐ振り向いて「何かあったか?」と声をかけられてしまう。

「ところで喧嘩《けんか》の原因はなんだ? 扉の外まで声が聞こえていたぞ」

「そ、外までっ……⁉ じゃあ、内容……も?」

じゃあ、私がレオナールお兄様を好きっていうのも、外まで聞こえてたってこと……⁉

「ああ、いや、内容は聞こえなかったが、何か言い争っているのだけはわかった」

「いっそのこと聞こえていたらよかったのにね」

エミリーはニヤリと笑って呟《つぶや》くヴィクトルをじとりと睨《にら》む。そんな可愛い顔で睨まれても全然怖くないと言われるものだからますます面白くない。

「喧嘩の原因はお前か、ヴィクトル」

「そうなの！　ヴィクトルお兄様が勝手に私の机の鍵をこじ開けて、日記を読んだのよ！」

内容は言わないでねという意味も込めて、エミリーはヴィクトルをまた睨む。

「ヴィクトル、お前という奴《やつ》は……」

「可愛い妹が書いた可愛い日記だ。気になってしまうだろう？」

「気になっても見ないのが礼儀だろう」

レオナールはあきれたようにため息を吐くと彼に本を手渡し、エミリーには小さくて可愛らしい箱を差し出す。

「ヴィクトル、借りていた本だ。ありがとう。それからエミリーにはお土産《みやげ》にチョコレートだ。花の形をしていて愛らしかったから買ってみた」

「わざわざお土産を持ってきてくださったの？　とっても嬉しいわ！　レオナールお兄様、ありがとうっ！」

エミリーが笑顔を浮かべて大喜びすると、レオナールもつられて口元を綻ばせる。

「いつもみたいにチョコレートの口紅を塗らないようにな」

「そ、それは小さい頃のお話でしょうっ！」

「俺にとってはつい最近のようなものだ。……と、エミリー、そのドレス……」

「え？」

今日のドレスはこの前新調したばかりのものだ。

あまりにもレオナールが子供扱いするものだから、最近は「大人っぽく見えるものがいい！」と注文しているので、豊かな胸を強調させるものが多い。

また風邪を引くと言われるのだろうか。でも、「綺麗だな」「大人っぽく見えるな」等の感想をどうしても期待してしまう。

「また風邪を引きそうなものを着て……何か羽織りなさい。ああ、そこにちょうどショールがあるな。ほら」

ああ……安定の子供扱いだ。

涙目になってむくれていると、さっきまで少し肌寒くて羽織っていたショールを肩にかけられた。

「……ほら、だから言ったでしょう？」

ヴィクトルに小声で伝えると、彼はクスクス笑い出す。兄に笑われるのも、レオナールに相変わらず子供扱いされていることも面白くない。

「ヴィクトル、なんだ。いきなり笑い出して」

レオナールが怪訝《けげん》な顔を浮かべても、ヴィクトルの笑いは止まらない。

「いや、レオナール、お前があまりにも馬鹿だから笑ってしまっただけさ」

「なぜ馬鹿にされるかは全くわからないが、机の鍵をこじ開けてまで妹の日記を読んでいるお前にだけは言われたくない」

「おやおや、次期国王に対して酷《ひど》い物言いだね」

がっかりした気持ちを引きずりながらも、エミリーは日記帳とレオナールから貰ったチョコの箱を胸に抱いて、二人の口喧嘩《くちげんか》を微笑ましく眺める。こうして口喧嘩をするのは、仲がいい証拠だと知っているからだ。ちなみに二人が本気で喧嘩をする時は、お互い口を利かなくなるし、目も合わせなくなる。

幼い頃から二人の姿をこうして見てきた。生まれた時から他の兄や姉と同様、レオナールもエミリーのことを可愛がってくれた。

あまりに可愛がるし、エミリーもすごく懐《なつ》くものだから、家族の間ではレオナールと本当に血の繋がっているみたいだとよく言っていて、彼女にもレオナールのことを「レオナールお兄様」と呼ぶようにと言って聞かせた。

でもエミリーは、レオナールのことを兄みたいだと思ったことは一度もない。最初から彼を異性として意識していた。

意識しているうちに小さな恋心が芽生え、レオナールに触れられたり、話す時は、いつだって胸を高鳴らせていたし、新しいリボンやドレスを着た時は真っ先に彼に見せたくなった。褒められた時は嬉しくて、心の中で何度も彼の表情や言葉を思い返して胸をときめかせていた。

レオナールがこの世界にいると思うだけで踊り出したくなるほど幸せで、どんなに寒い日でも心はポカポカ暖かくて、例えるならこの恋は春のようだった。

彼がいれば、どんなことでもできそうな気がする。この逞しい腕に抱きしめられたら、どんな恐ろしい何かが迫ってきても怖くない。

この温かくて優しい気持ちを胸の中に抱いているのは、なんて心地がいいんだろう――。

春の陽だまりのように温かい恋心が激しいものに変わったのは、二年前――レオナールの父親が事故で亡くなったときのことだ。

その知らせを受け取った時、エミリーはすぐにでもレオナールの下へ駆け付けたくなった。

エミリーも十歳の時に、母を流行《はや》り病で亡くしている。

息ができなくなるほどの悲しみ、胸の痛み――あの時の気持ちは、今でも鮮明に思い出せる。

こんな気持ちを抱えて生きていけるなんて、不可能だと思うほどの悲しみだった。

すぐに彼の下へ駆け付けたいと願い出たが、父や兄たちに『気持ちはわかるが、今は葬儀の準備で忙しいはずだ。自分たちが力を貸すから、お前は大人しく城に居なさい』と窘《たしな》められた。

今までなら父や兄たちの言うことに逆らったことなんて一度もなかった。父や兄たちが言うことはいつも正しいと思っているからだ。

今言われたことも、きっと……ううん、間違いなく正しいことだ。

でも、何かが違う気がする。彼の身体は忙しく動いている。でも、心は……？

母が病気で亡くなったとき、エミリーの傍には家族が居てくれた。レオナールも駆けつけてくれた。でも、彼には兄弟がいない。母も彼が物心が付く前に他界している。

彼の心は、誰が支えるの……？

エミリーは居ても立ってもいられず、兄たちの目を盗んで城を抜け出そうとしたが途中で見つかってしまった。部屋の前に監視を付けられ、翌日に行われる葬儀までレオナールに会うことは叶わなかったのだった。

葬儀は教会で厳《おごそ》かに行われた。

レオナールはいつものように背筋をしっかり伸ばして立ち、参列者たちに挨拶を済ませていた。無表情だけど、悲しみは見られない。

彼はいつも無表情だ。ヴィクトルからよく『レオナールはとても麗しい容姿をしているのに、愛想がないから、レディたちが声をかけたくてもかけられないと嘆いているんだよ。あいつもあいつで自分から声をかけるなんてことはしないからね。一生独身なんじゃないかって心配になるよ』と聞いていた。

でもレオナールはいつも無表情なわけではない。他の人よりわかりにくいだけで、優しく笑いかけてくれるし、怒りや、悲しみの表情もちゃんとある。けれど今の彼は、本当に無表情だ。目や口元から全く感情が伝わってこない。

まるで感情を悟られないように、仮面を被っているみたい……。

『ああ、ヴィクトル、アベル、エミリー来てくれたのか。今日は父のためにありがとう』

そう言った彼の声音からも、感情が全く伝わってこなかった。

葬儀が終わって城に戻ってきた後、エミリーはどうしてもレオナールのあの顔が気になって、教会へ戻りたいとヴィクトルに強く懇願した。

また反対されるだろうか。

でも、反対されたとしても、黙っていることなんてできない……。

どんな手段を使ってでも抜け出そうと考えていたら、ヴィクトルは快く行っておいでと送り出してくれた。

レオナールの親友であるヴィクトル――エミリーがレオナールの表情の変化に気付いたように、彼も気付いて心配していたのかもしれない。

葬儀を終えてから、数時間が経《た》つ。

もう屋敷へ戻っていてもおかしくない時間だけど、なぜかまだそこに居る気がして、エミリーは教会まで馬車を走らせた。

城から教会までは馬車で三十分ほどの距離だ。けして遠くないし、長い時間ではない。それでも今はとても遠く、長く感じる。

馬車が停《と》まってから御者が扉を開いてくれるまでのほんのわずかな時間すら、とても長く感じた。

扉を開くと、一番前にある木で出来た長椅子に座るレオナールの姿を見つけた。いつもは真《ま》っ直《す》ぐな背中を丸め、頭を抱えて項垂《うなだ》れている。

彼は勘が鋭い。いつもなら遠くから見ているだけでも気付くのに、扉を開く音には気付いていないのか項垂れたままだ。

先ほどは無表情の仮面を被っていて全く伝わってこなかったけれど、今はわかる。その姿から悲しみが痛いほど伝わってくる。

レオナールお兄様のこんな姿を見るのは初めて……。

そっと近づくと、耳が痛いくらい静かな教会にわずかな足音が響く。その音で彼はようやく自分以外の誰かが教会にいるのだと気が付いたようだ。

顔を上げたレオナールは、目の前に立ったエミリーの姿を見て切れ長の瞳を大きく見開いた。

『エミリー……どうしたんだ？　何か忘れ物か？』

顔を上げた瞬間の彼の顔は、仮面を被りきれていなかった。たった一瞬——でもエミリーは見逃さなかった。

アメジストのように美しい瞳が、今日は嵐の後の湖みたいに濁っている。涙は零《こぼ》れていなかったけれど、その瞳は深い悲しみで満ちていた。

『……忘れてなんていないわ。だから戻ってきたの』

『え？』

悲しみに満ちた切れ長の瞳が、わずかに丸くなる。

こんな所で、一人悲しみに耐えていたの？

母を亡くした時と同じくらい、胸が苦しい。

エミリーは腰を上げようとしたレオナールを抱きしめた。

冷たい……。

幼い頃から何度もレオナールに抱きしめてもらったし、何度も抱き付いたこともある。どんな時でも彼の身体はとても温かかったのに、今日の彼の身体はとても冷たい。

触れたところから彼の悲しみが痛いくらい伝わってくるみたいで、エミリーの瞳からは大粒の涙がこぼれ出す。

『エミリー？』

『レオナールお兄様のことがずっと気になっていたの。一人ぼっちで辛い思いをしているんじゃないかって心配で……』

抱きしめたレオナールの身体が、ぴくりと動いた。

『ありがとう。でも、大丈夫だ。俺は悲しんでなどいない。皆、誰もが親を亡くす。俺もその体験をしただけのことだ。だから、大丈夫だ』

『……そんな言い方しないで。まるで自分に言い聞かせているみたいだわ。大丈夫なはずないじゃない。優しいレオナールお兄様が、お父様を亡くして悲しまないはずがないもの』

『……っ』

レオナールが言葉を詰まらせるのがわかった。

『レオナールお兄様、おじさまが亡くなってから一度でも泣いた？』

『いや、大の男が涙を流すなんて、おかしなことだろう』

エミリーは彼から身体を離すと、自身の涙を拭って彼の左胸にそっと手を宛《あて》がう。

『泣くのを我慢しちゃ駄目。我慢すると、ここに黒くて濁った何かが溜《た》まって苦しくなるのよ。皆と一緒に居る時は我慢できるの。でも、部屋で一人ぼっちになったとき、我慢できなくなる……。我慢するほど、その苦しみはどんどん辛くなっていくの』

レオナールは胸に宛がわれたエミリーの小さな手に、自身の手を重ねてギュッと握る。その手はやっぱり冷たくて、彼女はその手を温めるように空いている方の手を彼の手に重ねた。

自分の体温が早く彼の手に移ればいいのにと願いながら、冷えた大きな手をそっと擦る。

母が流行り病で亡くなったとき、レオナールはエミリーの涙が涸れるまで抱きしめて、慰めてくれた。

どんなに泣いても悲しい気持ちは胸の中に留《とど》まったままで、母のことを少しでも思い出せば涙が出てきた。でも悲しいのは自分だけじゃない。父も兄も姉もみんな悲しい。自分がいつまでも泣いては困らせてしまう。

エミリーは幼いながらも家族の前では泣いてはいけないことに気が付いて、涙が止まらなくなったときはベッドの下で泣いていた。

そんな彼女に気付いてくれたのはレオナールだ。彼はエミリーを強く抱きしめ、彼女が泣きやむまで大きな手で優しく髪を撫でてくれた。

レオナールに抱きしめてもらえたら、どんな辛いことも、悲しいことも乗り越えられる気がするとこのとき強く思った。

でも、悲しみを我慢しているレオナールを目の前にして、新たな気持ちが生まれる。

『男性だからとか、女性だからとか、そんなの関係ないわ。悲しい時は、泣いていいと思うの。それを誰かが責めるのなら、私が守ってあげる。だから私の前では我慢しないで』

守られるだけじゃなくて、守りたい――。

切れ長の瞳から一筋の涙がこぼれた瞬間、その気持ちが身体中に広がって、全身の血液が沸騰するような感覚が訪れた。

これが春の木漏れ日のような優しい恋が、激しい恋に変わった瞬間だ。

『……エミリー、ありがとう。すまない』

静かに涙を流す彼を見て、激しい感情がエミリーの胸の中をいっぱいにする。

守られたいのではなくて、守りたい。これから彼に訪れる全ての悲しみや辛さからレオナールを守りたい。出来ることなら今彼が抱いている悲しみを代わってあげたい。そしてそれは他の誰かではなくて、自分でありたい。他の誰かには渡したくない。

その場の感情に流されているのではなくて、心からそう思った。二年経った今ではより激しい感情となってエミリーの胸の中をいっぱいにしている。

「レオナール、すぐに帰るなんて言わないだろう？　今朝、素晴らしい紅茶の葉が届いたばかりなんだ。飲んでいくといい」

「ああ、いただいていく」

ああ、ヴィクトルお兄様は、レオナールお兄様とお茶を飲みながらお話が出来るのね。羨ましいわ……。

自分も一緒にお茶をしたいと言ったら、困らせてしまうだろうか。

……うん、困らせちゃうわよね。

二人だけでしかできない話というものもあるはずだ。二人は優しいからエミリーが同席したいと言えば断ることをしないだろうけれど、二人を困らせてまで割り込みたいと思わない。

せめて、差し入れだけは持っていってもいいかしら？

レオナールがいつ尋ねて来てくれても出せるように、エミリーは毎朝早起きをして、彼の好きなお菓子を作ることを日課にしていた。

きっかけはレオナールとお茶をしていたときのことだった。

焼き立てのスコーンにクロテッドクリームと、当時とても気に入って食べていた桃のジャムをたっぷりと塗って食べるのが、エミリーはとても大好きだった。

この時に塗るクロテッドクリームと桃のジャムの比率に自分なりのこだわりがあって、この比率が上手《うま》くいくとより美味しく食べられるのだ。

この美味しさを大好きなレオナールにもぜひ味わってもらいたくて、自分なりの比率でクロテッドクリームと桃のジャムを乗せたスコーンを渡す。

『ああ、とても美味しいな。クリームとジャムの比率が絶妙だ。さすがエミリーだな』

美味しいと言ってくれたのがあまりにも嬉しくて、そのうちスコーンやジャムもレオナール好みのものを自分で作ってみたいと考えるようになったのだ。

今日はブラックペッパーを利かせたチーズクッキーとブルーベリージャムのクッキーがとても美味しそうに焼き上がっている。

姫なのだから、そんなことはしなくていい。手に火傷《やけど》や怪我《けが》でもしては大変だと父や兄たちに窘められたけれどエミリーは聞かずに今日《こんにち》まで続けていた。

お菓子作りを始めたのは、母が亡くなる少し前……ようやく再開したのは、母が亡くなって半年後のことだ。

始めた頃は家族全員に窘められていたが、その頃は母が亡くなった悲しみをお菓子作りで紛らわせているのだろうと思ったのか、そんな余裕がなくなったのか、どちらかはわからないけれど、以前のように注意されることはなくなった。

六年経った今では習慣となり、『火傷と怪我には気を付けて』くらいは言われるけれど、やめなさいと言われることは一切なくなった。

「エミリー、お前もおいで」

エミリーがソワソワしていると、ヴィクトルが声をかけてくれた。

「えっ！　私もお邪魔していいのっ⁉」

ヴィクトルとレオナールの顔を交互に見ながら質問すると、レオナールが微笑ましいといった様子でクスッと笑い、エミリーの頭を撫でる。

「ああ、もちろんだ。一緒に行こう」

レオナールお兄様とお茶ができるなんて嬉しいっ！　久しぶりよね。最後にお茶をしたのは……あ、先週だったわ。それほど久しぶりでもなかったわ。でも嬉しいったら嬉しいっ！

飛び上がりそうなほど喜んでいると、腕の中に日記帳を抱いたままだったことを思い出す。うっかり落としてレオナールに見られでもしたら大変だ。

「あ、えーっと、先に行っていて。私はこの日記帳を隠してから行くわ」

「おや、手伝ってあげようか？　私のおすすめとしては……そうだねぇ。この絵の裏なんてどうかな？」

「そうね。この絵の裏なら隠し場所にぴったりだわ……って、誰にも見られないように隠すのに、ヴィクトルお兄様に手伝ってもらったら意味がないでしょうっ！　そもそも私の日記帳を捜す人なんて、ヴィクトルお兄様ぐらいよっ⁉　ヴィクトルお兄様から隠していると言っても過言ではないんだからっ！」

ちなみにエミリーがレオナールに異性として好意を抱いていたのをヴィクトルに知られたの

も、この日記を見つけられたのが原因だ。

日記を見られたくないのなら書かなければいいことなのだけど、日記に気持ちを吐露することで、行き場のない激しい感情をなんとか誤魔化《ごまか》している状態なのだ。

やっぱりこの日記帳は必要よね……。

ヴィクトルとレオナールが出て行った後、帽子をしまっていた箱の中に日記帳を入れて、ベッドの下に隠した。

ああ、我ながら適当な隠し方だわ……。

もう見つからないように完璧に隠したいけれど、グズグズしていてはレオナールと過ごすお茶の時間が短くなってしまう。

正式な隠し場所は、今夜日記を書いた後に考えることにしよう。

鏡の前で身だしなみを整え、部屋を後にした。はしたないとわかっていても、早くレオナールに会いたくて早歩きになってしまう。

『自分で気持ちを伝えられないのなら、私が伝えてあげようか。そうすれば、すぐにお前の願いは叶うはずだよ』

確かにヴィクトルお兄様にお願いしたら、きっと私の願いは叶うわ。

親友とはいえ、ヴィクトルお兄様は第一王子で、次期国王なんだもの。親友としてではなく、その立場からお願いすれば、誰もがきっと逆らえない。

たとえどんな罪を犯したとしても、私はあなたが欲しい。

その気持ちは嘘《うそ》じゃない。でも、そんな手段を使っては、レオナールの心が遠ざかってしまう気がする。

形式上で彼を手に入れるのでは足りない。彼の心も欲しいのだ。

私ったら、なんて欲張りなのかしら……。

途中でキッチンに寄り、今朝焼いたクッキーを皿に並べてトレイに乗せる。メイドのポーラが代わりに運んでくれると言ってくれたけれど、大丈夫だからと断った。

「あ、レオナール様へ持って行くのですわね。うふ、私ったら気が利かずに申し訳ございません」

どうしてポーラは謝るのだろう。

代わりに持って行ってくれると言うのだから、むしろ気が利くと思うのだけど……。

「ねぇ、ポーラ。男性に好かれるためには、どうしたらいいかしら。ポーラはどんなことをしているの？」

ポーラは男性使用人からとても人気がある。この前も五人同時に求婚されたと別のメイドが噂《うわさ》しているのを偶然聞いた。

「ええ？　いきなりどうしたんですか？」

「だってポーラって、とっても魅力的なんだもの」

彼女の一挙一動は、同性のエミリーから見てもとても色気があって息を呑《の》むものだ。オーブンから焼き菓子を取り出す仕草すら艶《つや》やかで、ため息が零れる。

ポーラの真似《まね》をすれば、私もレオナールお兄様に妹じゃなくて女性として見てもらえるかもしれないわ！

「えーっと、私も将来は誰かと結婚するわけじゃない？　私って子供っぽいから、将来の旦那様を夢中にできるように色々学びたいのっ！」

レオナールへの気持ちは、知られてしまったヴィクトル以外は誰にも内緒だ。当たり障りのない理由を付けて尋ねてみると、ポーラがクスクス笑う。

どうして笑うのかしら……。

「そうですわね。私が気になる男性に好いてもらいたいときにすることと言えば、いつもと違う服装に挑戦していますね。いつも露出が少ないのなら、露出を多く。逆に露出が多いのなら、露出を少なく……みたいな感じですわ」

「もうしたけど、私は駄目だったみたい……じゃなかった。えーっと、他には？」

「こうして手料理を振る舞うのも効果的だと思いますわ」

今までは純粋に美味しく食べてもらいたいと思って作っていたけれど、手料理を振る舞うのも効果的だったとは驚いた。

　でも、エミリーの場合は効果がないようだ。いくらレオナールに手作りのお菓子を振る舞っても、『エミリーはこんな難しいものが作れるのか。偉いな』と子供を褒めるような言葉しか返ってきたことがない。

「後は隙あらば触れることです」

「触れる？」

　抱き付いたり、手を繋いだりってこと？

　幼い頃は会うたびに抱っこをせがんでいたけれど、大人になってからは当然なくなった。最後に触れ合ったのは、二年前悲しむレオナールをエミリー自らが抱きしめたことぐらいだろうか。

「そうですわ。お話している時にそっと手に触れたり、太腿《ふともも》の上に手を乗せたり……」

「ふ、太股の上にっ⁉　そんなことをしていいの？　はしたなく思われない？」

　あまりに動揺したエミリーは、持っていたクッキーが載ったトレイをひっくり返しそうになる。

「そんなことを気にしていては、好きな男性の気持ちを掴《つか》むことなんてできませんわ。はしたないと思われるのは確かに嫌ですけど、他の女性に取られる方がもっと嫌ですもの」

　確かに……。

「姫様、頑張ってくださいね。私、応援していますわ」

「ええ、私、頑張るわっ！　……じゃなかった。いつか結婚したときには頑張るわねっ！」

エミリーはあからさまに慌てながら言い直し、口元を綻ばせたポーラに見送られながらキッチンを後にした。

「あ……」

サロンの扉が見えたところで、エミリーはカートで持ってくればよかったことに気付く。両手がふさがっていては、扉をノックすることが出来ない。

ノックする少しの間片手で持とうかと考えたものの、横着してうっかり手を滑らせでもしたら、せっかく上手に焼けたクッキーが台無しになってしまう。

一度戻ってカートで持って来ようと踵を返してキッチンに向けて歩き出したその時、サロンの扉が偶然開いた。

よかった。助かったわ！

扉を開いたのは、レオナールだった。

「レオナールお兄様、どうしたの？　あっ……もしかして、もう帰らないといけない時間？」

こんなことなら日記帳を隠していないで、一緒に来るべきだった。

「いや、違う。お前の足音が近くまで来たのに、少し立ち止まってまた戻っていくものだからどうしたのかと思ってな」

「えっ！　どうして私の足音ってわかったの？」

「小さい頃から聞いている足音だからな。百人同時に近付いてきたとしても、お前の足音だけ聞き分けられる自信がある」

エミリーがレオナールのノックだけ聞き分けられるのと一緒だろうか。

嬉しくて、照れくさくて、にやけてしまう顔を見られないように俯くと、レオナールが手に持っていたトレイを代わりに持ってくれた。しかも片手で軽々と持っている。

私もレオナールお兄様ぐらい手が大きかったら、片手で支えられるのかしら？

「戻ろうとしたのは、両手がふさがっていたからか？」

自分の手をまじまじと見ていると、レオナールが質問をしてくる。

「ええ、大当たりよ。ここまで来たところで、これじゃノックができないって気付いたの。だからキッチンに戻って、カートに乗せて来ようと思って……」

一番初めに気付くべきだったと苦笑いすると、レオナールが口元を綻ばせてエミリーの頭を優しく撫でた。

「ああ、エミリー。今朝焼いていたクッキーを持ってきたのかい？」

レオナールがいつ来てもいいように彼の好きなお菓子を作っていることは以前日記に書いてしまったので、日記を定期的に盗み見ているヴィクトルも知っている。

「え、ええ、チーズクッキーとブルーベリージャムのクッキーよ。よかったらどうぞ」

ヴィクトルがレオナールに余計なことを言わないか不安になりながらも、テーブルにクッキーの載った皿を置く。

椅子に腰を下ろしたレオナールは、エミリーに「いただく」と一声をかけて、クッキーを一つ口に運んだ。

美味しく出来ているとわかっても、レオナールに食べてもらう時はいつも緊張する。

「エミリー、すごいな。また腕を上げたようだ」

「本当？　ありがとうっ！」

メイドが微笑ましいと言った様子で口元を綻ばせ、エミリーの分の紅茶を入れて外へ出て行った。

「エミリーは本当にお菓子作りが好きなんだな」

「ええ、大好きよ」

自分の手で美味しいお菓子が出来上がるのは、想像していたより楽しいし、嬉しい。でも大好きなレオナールに「美味しい」と言ってもらえるのが何より嬉しい。

レオナールはエミリーが純粋にお菓子作りが好きだと思っているが、エミリーはレオナールが喜んでくれるからお菓子作りが好きなのだと内情を知っているヴィクトルは、意味深な笑みを浮かべながらチーズクッキーを口に運ぶ。

「来るたびに焼き菓子を振る舞ってくれるが、結構な頻度で作っているのか？」

「ああ、そうだよ。エミリーは毎朝早起きして、何かしらの焼き菓子を作っているのさ」

エミリーが答えるよりも先に、ヴィクトルが意味深な笑みを浮かべて答える。

ヴィクトルお兄様のこの笑い、何か嫌な予感がするわ……。

「毎朝⁉ すごいな。今までは作っている日に偶然俺が訪ねてきたのだと思っていたが、毎朝だったのか……道理で来るたびに振る舞ってくれるわけだ」

「すごいだろう？ いつお前が来ても食べられるように、エミリーは毎朝頑張って……」

「きゃーっ！ きゃーっ！ きゃあああっ！」

嫌な予感、的中――！

ヴィクトルの思いがけない発言を消すために、エミリーは慌てて大声を出してかき消す。

はしたないと思われるのは嫌だけど、聞こえるよりましだ。レオナールの為《ため》に毎朝早起きしてお菓子作りをしてるなんて知られたら、エミリーがレオナールに恋心を抱いていることに気付かれてしまう。

「エミリー、どうした？」

「え、えっと、虫が居た気がしたの。勘違いだったみたい」

「ああ、昔からお前は虫が苦手だったからな。そういえば昔、散歩していた時に上から毛虫が目の前に落ちてきて、しばらく外を出歩けなくなったことがあったな」

「だって、すごく怖かったんだもの」

よかった。誤魔化せたみたい。

過去の恥ずかしい話を掘り返されることになったけれど、恋心に気付かれるよりうんとましだ。レオナールと話を膨らませながら、ヴィクトルに余計なことを言ったら嫌いになるから！という気持ちを込めてじとりと睨む。

ヴィクトルは気まずくなったのか、二人きりにさせてあげようという気遣いなのか、用事を思い出したから、片付けてくるよと途中で席を立った。

「レオナールお兄様は、まだお時間大丈夫？」

「ああ、大丈夫だ。もし時間がなかったとしても、せっかくお前と過ごす時間だ。そちらをどうにかするさ」

「本当っ⁉　嬉しいっ！」

あまりに嬉しくて、抱き付きたくなってしまう。……けれど、さすがにこの歳でそれはもうできない。

それでも湧き上がってくる抱き付きたくなる衝動を抑えているると、無意識のうちにそわそわと身体が左右に揺れる。

エミリーはこのことに気付いていないが、隣に座っているレオナールは当然気が付いていて口元を綻ばせた。

「蝶《ちょう》は嫌いじゃないのか？」

レオナールの目線が、エミリーの蝶の髪飾りに向く。虫が嫌いといえども蝶は好きなので、エミリーはよく蝶の髪飾りを好んで付けていた。

「え？　ああ、この髪飾りのこと？　他の虫は無理だけど、蝶は可愛いと思うわ」

「俺にとってはどの虫も大して変わらないように感じるが……では、蛾《が》も大丈夫なのか？」

「蛾は別よっ！　不気味だもの」

「そうか？　同じように見えるが」

「ええっ？　全然違うわ」

そうだわ。お話している途中に、手か太腿に触れたらいいのよね！

手……は、お菓子を食べているから、無理ね。じゃあ、太腿？

なかなか勇気が出せずに手を出しては、引っ込めを繰り返し、会話が上の空になってしまう。

勇気を出すのよ、エミリー！

自分にドキッとするレオナールの姿を想像し、思いきって彼の太腿に手を置いた。

「ん？」

きゃーっ……！　つ、ついに触れちゃったわ。レオナールお兄様、ドキッとしてくれたかしら？

緊張と興奮で変な汗が出てくる。

「ああ、クッキーの欠片《かけら》がこぼれていたのか。エミリー、ありがとう」

「えっ」

関係を発展させるどころか、悲しい勘違いをされてしまった。でも、『違うわ！　関係を発展させたいためにしたことなのよ』とは言えるはずもない。

うふふ、と笑って誤魔化しながら払う仕草をしていると、レオナールがその手を掴んでまじまじと眺めだす。

「レ、レオナールお兄様？」

少し間があったけれど、もしかしてポーラの言う通り、時間差でさっきの行動が利いてきたのだろうかと、ほのかに期待する。

「焼き菓子を作る時は、かなり高温にしたオーブンを使うんだろう？　火傷はしていないか？　見たところ大丈夫そうだが……」

ああ、そういうことだったのね……。

どうやら彼は、エミリーがお菓子作りで火傷していないか確認していたらしい。心配してくれるのは嬉しいけれど、今は素直に喜べない。

「慣れない頃は火傷することもあったけれど、今は大丈夫よ。心配してくれてありがとう」

「そうか。でも、十分気を付けるんだぞ」

「ええ、ありがとう」

やっぱり私はレオナールお兄様にとって、いつまでも子供のままなんだわ。

兄たちが『お前はどんなに大きくなっても、いつまでも小さくて可愛い私の妹だよ』と言ってくれるように、レオナールもそうなのだろう。

どんなに大きくなっても、エミリーはいつまで経っても、子供のままのエミリー……。いくら太股に触れても、手を握っても、胸元の開いたドレスを着ても無駄なのだ。

大好きなレオナールと二人きりの時間なのに、油断するとため息が零れてしまいそうだった。

◆◇◆

その日の深夜――エミリーは部屋の鍵を閉めて、ベッドの下に隠していた日記帳を取り出した。

机に向かって、いつものように報われないレオナールへの気持ちを日記に書きつづっていくと、少しだけ気持ちが落ち着くのを感じる。

ヴィクトルお兄様が言う通り、私も、もう十六歳……。

いつまでもレオナールお兄様に恋をしていることはできない。いつかお父様やヴィクトルお兄様が決めた誰かと、結婚しなければならないだろう。

そんなの嫌……。

だからと言ってレオナールに告白しても、あれだけ子供扱いされているのだからこの気持ちが報われることはないだろう。

告白して、一線を置かれるようなことになるのも嫌……。

嫌、嫌、嫌……でも本当に嫌なのは、行動も起こさず不満ばかり言っている自分だ。

大きなため息を吐いたエミリーは、日記を閉じて次の隠し場所を探す。一時的にベッドの下に置いたけれど、このままここに置いてみる？　ううん、駄目だ。こんな簡単な場所ではヴィクトルどころか、ベッドメイクをしてくれるメイドにすら見つかる。

部屋の中をグルグル回って、隠せそうなところを探す。

「あっ」

ソファの中に隠し収納があったことを思い出し、クッションを避けて中を開くと小さな箱が入っていた。

「あら？　これ、なんだったかしら……」

箱を開くと、二つのブローチが入っていた。

それぞれハンカチで包まれていて、一つは壊れて割れてしまっている年代物のカメオのブローチ、そしてもう一つはそのブローチとそっくりなブローチだ。

「そうだわ。私、こんな所にしまっていたのね」

懐かしい。どうして忘れていたのだろう。

壊れた方のブローチは、母の形見だった。

若い頃に母の母、つまりはエミリーの祖母から結婚の祝いに贈られたものらしく、エミリーは昔からそのブローチが欲しくて仕方がなかった。

『あなたが大人になった時にあげるわね』

何度もおねだりするたびに、母はそう言ってエミリーを窘めた。いつか大人になってこのブローチを譲ってもらえるのが楽しみだった。

しかし母が病気で亡くなり、エミリーは十歳でそのブローチを譲り受けることとなったのだ。

大人になったらくれるって言ったわ。でもまだ私は子供よ。だからお母様、帰ってきて……。

ブローチを見るのは悲しい。でも、身に着けていないと落ち着かない。傍に置いておくことで、目には見えないけれど母が傍に居てくれるような気がした。

でも母が亡くなって半月ほどした時、階段を下りようとしていた際に急にピンが外れ、一番上の段からブローチを落としてしまったのだった。

石の部分が割れ、細かくひび割れたことで修理も不可能な状態だった。付ける際にピンの留め方が甘かったわけではなく、祖母もまた自分の母から貰ったという年代物のブローチだったために、ピンが劣化していたらしい。

母を失い、形見であるブローチが壊れ、エミリーの精神は不安定になっていた。部屋で一人になると、ハンカチに包んだ壊れたブローチを見て泣いていた。

ブローチを亡くして数日、レオナールが小さな箱を持って訪ねてきたのだった。

『エミリー、今日はお前に贈りたいものがある』

贈りたいもの……お菓子やぬいぐるみだろうか。

『レオナールお兄様、ありがとう……』

しかし箱を開けると、そこに入っていたのは母から貰ったブローチとそっくりなカメオのブローチだった。

母が亡くなって以来エミリーを元気付けようと毎日城を訪れていたレオナールは、彼女がブローチを壊して落ち込んでいることも知っている。

『壊れて落ち込んでいたから、少しでも代わりになるものと思って探したんだが……』

今思い出すと、本当に子供だった。

『代わりになんてならないわ！　あのブローチはお母様のブローチだもの！　代わりになるものなんてないわ！　レオナールお兄様なんて嫌いよっ！　大嫌い……っ！　もう帰って！』

大好きなレオナールに酷いことを言った。普段なら絶対にありえないことだ。

しかしその時は精神的に不安定なせいで神経が過敏になっていて、代わりのブローチを持ってこられるということが、母の存在を軽んじているように感じた。

『すまない。エミリー……そんなつもりはなかった。ただ、お前を元気にしたかっただけなんだ……すまない。配慮が足りなかった』

レオナールは本当に悲しそうな顔をして謝り、泣きじゃくるエミリーを抱きしめて頭を撫でてくれた。それなのにエミリーは愚図《ぐず》り続けて、『触らないで！』『早く帰って』と彼に酷い言葉ばかりを投げかけたのだ。

今考えると、悲しい気持ちを発散させるために、彼に八つ当たりしたのかもしれない。

ああ、なんて酷いことを言ってしまったのだろう。幼かったとはいえ、大切な人を傷付けていい理由にはならない。

それなのにレオナールは、その後も何度も屋敷に足を運び続けてくれて、エミリーを励まし続けてくれた。

最低だ。あのときの自分を思い切り叱り付けたい。

優しいレオナールが、母の存在を軽んじるなんてありえない。彼はエミリーを少しでも元気付けようとしてくれていたのだ。

あんな短期間で似たブローチを探すなんて、どんなに大変だっただろう。

見比べると本当に母の形見のブローチとそっくりだった。年代物な上に、ブローチの周囲に珍しい石を使っているから似たようなものと思っても、なかなかあるはずがない。

本当にとても大変だったはずだ。

けれど自分のことで精一杯だったエミリーがそのことに気付いたのは、母の死をようやく受け入られるようになってからだった。

『レオナールお兄様、ブローチのときのこと、本当にごめんなさい……』

嫌われてもおかしくない。エミリーが泣きながら謝ると、レオナールは寂しそうな笑みを浮かべる。

『いや、俺が悪かったんだ。ずっと気にしていたのか？　本当にすまなかったな』

『違うの！　私が……』

自分の中の複雑な気持ちを言葉にすることができなくて困っていると、レオナールが優しく頭を撫《な》でてくれた。

『すまなかったな。ありがとう』

違う。私が悪いの！　ありがとうを言わなければいけないのは、私の方なのに……！

そう伝えたくても、やっぱり気持ちを上手く言葉にすることができなくて、それはエミリーの中でしこりとして残ったのだった。

ブローチを見るたびに思い出して、自分の愚かさに吐き気がしてしまうから、目に付かないここにしまっておいたのだろう。

今思うと、それこそ愚かの極みだ。大切な人に酷いことを言って、それを思い出したくないからこんなところにしまっておくなんて……。

あれから数年が経った。大人になった今は、昔よりも上手く言葉にできるかもしれない。

優しいレオナールお兄様が大好き……。

この気持ちはまだ伝えられそうにないけれど、ブローチのお礼とお詫《わ》びを言おう。

エミリーは二つのブローチを取り出し、代わりに日記帳をそこにしまった。

しかしレオナールに会う機会がなかなか訪れずにいたある日のこと、その夜は城で盛大な舞踏会が開かれていた。

「え……ヴィクトルお兄様、今、なんて……？」

ヴィクトルは「気を確かに持って聞くんだよ」という前置きをしてから、エミリーにある報告をした。

「レオナールに恋人が出来そうだ。ついに結婚するかもしれないよ。と言ったんだよ」

気を確かに持ってと言われたけれど、持てるわけがない。そのまま卒倒しそうになったところをなんとか持《も》ち堪《こた》えた。

しかしエミリーの顔は、可哀想になるぐらい真っ青になっていた。

レオナールに恋人……いつかはその時が来ると思っていた。

いや、エミリーが知らないだけで、恋人は居たのかもしれない。結婚話もそうだ。嫌だけど、いつかはこの時が来るとは思っていた。

「ど、どんな方……なの……？」

「今日出席しているご令嬢でね。……ああ、あの方だよ。アバロ伯爵と歓談されている女性だ」

ヴィクトルの視線の先には、美しいブルネットの女性が立っていた。

透き通るような白い肌、髪色と同じ色のまつ毛に縁どられた魅惑的な大きな瞳、ふっくらとした魅惑的な赤い唇、豊満な二つの膨らみ、くびれた華奢《きゃしゃ》な腰、女性らしさをぎゅっと詰め込んだような完璧な形をした臀部《でんぶ》――素晴らしい身体のラインは、マーメイドラインのドレスでより際立っている。

なんて美しいのかしら……。

彼女はエミリーの理想とする大人の女性そのものだ。

「彼女はアジャーニ伯爵のご息女のレディ・コレットだよ。お前より一つ年上の十七歳だ。つい最近アバロ伯爵を通して、知り合いになったそうだ」

「十七歳っ⁉」

一歳しか違わないのに、なんて素敵な女性だろう。

エミリーが思わず俯くと、自然とワイングラスに視線を落とすことになる。そこには子供っぽいエミリーの顔が映っていて、思わず目を逸《そ》らす。でもその先には窓があって、またもや子供っぽいエミリーの全身が映っていた。

現実から目を背けても、逃れられるはずがないのだ。

レオナールお兄様が結婚……？

元々手が届かない場所にいた。

でも、未婚ということに星屑《ほしくず》ぐらいわずかな希望があった。でも、その希望すらなくなってしまうのだろうか。

真実が知りたい。でも、聞きたくない。

エミリーが何も言えずにいると、ヴィクトルは彼女の気持ちなどお構いなしというようにレオナールとコレットのことを説明していく。

レオナールは見目麗しいけれど愛想がないので、近付きたいと思う令嬢はたくさんいるが皆奥ゆかしい女性ばかりなこともあり、近寄れていなかった。しかしコレットはとても情熱的な女性で、積極的に彼へ近付いているらしい。

「……実を言うとね。少し前からあいつがレディ・コレットに気があると聞いていたんだ」

「そ、そうだったの？」

「ああ、あいつ積極的な女性が好みなんだよ。だからいつも『積極的になりなさい』と言っていただろう？」

後悔しても遅い。

何度も積極的になりなさいと言われていた。気持ちを伝えなさいと言われていたのに……。

告白する機会はいくらでもあったのに、今のままの関係を崩すのが怖くて、女性として見られようと行動することはあっても、気持ちを伝えようとはしなかった。

誰にも邪魔されていない。悪いのはエミリーだ。

「もう婚約は済ませているそうだ。年内には結婚する予定らしい」

「……っ」

胸が、身体中の全てが、バラバラになってしまいそうだ……。

「ああ、見てごらん。レディ・コレットがレオナールに近付いて行くよ」

コレットを視界に入れないようにすることで現実から目を背けていたが、ヴィクトルの一言で反射的に彼女の方を見てしまった。……しかも、レオナールと二人でいるところだ。

何を話しているかは聞こえないけれど、コレットはとても楽しそうに笑っているし、きっとまさにこの瞬間、仲をより深めているのだろう。

「ヴィクトルお兄様、私……もう今夜はお部屋に帰るわね。少し、眩暈《めまい》がするの……」

「大丈夫かい？　部屋まで送ってあげよう」

「いいえ、一人で大丈夫よ。というか一人になりたいの……」

「ああ、わかったよ。じゃあ、おやすみ」

「おやすみなさい……」

強制的に現実と向き合うこととなったエミリーは、ふらふらと部屋に戻ってベッドに突っ伏した。メイドが着替えと入浴を勧めてきたが、身体を起こすどころか指一本動かせる気力がない。

レオナールお兄様が、結婚――。

メイドたちに下がってもらい、ようやく一人きりになると我慢していた涙が一気に溢《あふ》れた。

あまりにも苦しくて、辛くて、胸が潰れてしまいそうだ。

いや、いっそのこと潰れて欲しかった。このまま消えてなくなれたら、この辛さから逃れることができるのに……。

初めての失恋を経験したエミリーはすっかりふさぎこみ、その日から部屋に閉じこもりがちになってしまったのだった。

第二章　どんな罪を犯してでも欲しい男性《ひと》

エミリーが失恋してから、一週間が経つ。

「はぁ……」

口を開くたびに出るのは、ため息ばかり。

彼女は依然として失恋の痛みから立ち直ることができず、姫として行わなければいけない政務や教師を招いて勉強をする以外の時間は部屋に閉じこもっていた。

どんなに忙しくても休むことなく続けていた日課のお菓子作りもやめて、窓辺にあるお気に入りの一人掛け用の椅子に座り、何をするわけでもなくぼんやりと一日を過ごす。

エミリーは部屋にいるよりも外の空気を吸うことが好きなので、いつもなら空いた時間は庭に出て花を愛《め》でたり、お気に入りの白いベンチに座って読書をしていたりしたけれど、今はとても外へ出る気力がわいてこない。

「エミリー、庭の花がとても綺麗に咲いていたよ。よかったら見に行かないか？」

「そうなの？　誘ってくれてありがとう。でも、今日はお部屋に居たい気分だから、遠慮しておくわね……」

「部屋に居たい気分って、昨日も一昨日もそうだったじゃないか。あんなに熱心だったお菓子作りもしていないし、どうしたんだい？　何か悩みがあるのなら僕に話してごらん」

「いいえ、悩みなんてないの。ただそういう気分なだけだから」

そんなエミリーを心配した次男のアベルが、毎日彼女を励まそうと部屋へ来てくれていた。彼だけでなく父や、唯一事情を知っているヴィクトル、そして使用人たちも心配してくれて、何かと理由を付けて部屋を訪ねてきてくれている。

今日はアベルからエミリーがふさぎこんでいるという内容の手紙を受け取った姉のローラからも、何か悩みがあるのならいつでも相談に乗るから手紙を寄越しなさい、と言った内容の手紙が送られてきた。

皆に心配かけないよう普段通りに振る舞わなくてはと思っているけれど、どうしてもいつも通りにできない。頭ではそうしたいと思っても、心が付いてきてくれなかった。

「そうだ。レオナール兄さんを呼ぼうか。レオナール兄さんになら、なんでも話せるだろう？　悩みを聞いてもらうといいよ」

「えっ」

アベルは名案を思い付いた！　というような顔で、エミリーに残酷な提案をしてくる。

「早速呼ぼう。誰か、馬車を……」

「だ、駄目！」

「どうして？　お前はレオナール兄さんをとても慕っているだろう？」

「それは、その……だって、違うの。悩みとかじゃなくて、ただ本当にそういう気分なだけなの。それなのにわざわざレオナールお兄様を呼ぶなんて、困らせてしまうわ」

アベルがレオナールを呼ぼうとしているということは、エミリーが彼に失恋したことは知られていないらしい。

エミリーがレオナールに恋心を持っていることは、日記を盗み見たヴィクトルと彼女の二人だけの秘密で、誰にも口外しないという約束だ。

しかしヴィクトルは意地悪なところがあるし、もしやアベルにも話しているのでは？　と密《ひそ》かに疑っていたのだけど……どうやら彼は、約束をしっかり守ってくれているらしい。

「でも、お前の様子がいつもとあまりに違うから心配なんだ」

「私は本当にいつも通りよ。ただいつもと違う風に見えるのなら、この前読んだ本の内容があまりにも悲しいものだったから、まだ少し引きずっているだけなの。心配をかけてごめんなさい」

アベルの心配が和らぐように、今できる精一杯の笑顔を作った。でも口元が引きつって、思ったように笑えない。

このままでは、笑い方を忘れてしまいそうだ。

皆に心配をかけてしまうのは心苦しいし、早くいつも通りの自分になりたいと思う。

失恋から立ち直るのって、どうしたらいいのかしら……。

こんなことなら、友人たちに気持ちを打ち明けておけばよかった。そうすれば、失恋した時の助言を聞くことができたのに……。

エミリーには親しい友人が数人いる。

何度も相談したいと思ったことはあった。でも自分の気持ちを言うのはどうしても気恥ずかしく感じてどうしても言えなかったのだ。

レオナールがコレットと結婚するのなら、この気持ちを余計に話せない。

唯一気持ちを知られているヴィクトルに相談することも考えるものの、すぐに思い直す。兄の愛はあまりに大きい。

妹を愛するあまりにレオナールの気持ちを無視して、権力を使って彼とコレットとの仲を引き裂こうとする可能性だって否定できない。

でも、そうすればレオナールお兄様は、私のものになる。レオナールお兄様を好きでいることをやめないで済む。

「……っ」

図書室に続く少し薄暗い渡り廊下を歩いていたエミリーは、そんな歪《ゆが》んだことを考えてしまい、慌てて首を左右に振った。

なんてことを考えているの……！

政務以外の私用で久しぶりに部屋を出たエミリーが図書室へ向かっているのには、ある理由があった。

いつもならここへ来る時は、なんの本を借りようか心を躍らせていたものだけど、今日はとても重苦しい気持ちでいっぱいだった。なぜなら『失恋』を題材にした小説を探しに来たからだ。

エミリーが小説を読むときは、主人公に深く感情移入する。

暗い内容のものは悲しい気持ちを後に引きずってしまうため、いつもはなるべく明るい内容のものを選んで読んでいた。なのでこうして自ら暗い題材を選ぶのは初めてのことだ。

失恋したばかりということもあり、いつも以上に感情移入してしまうに違いない。しかしエミリーはどんなに気持ちが落ち込もうとも読まなくてはならなかった。

『失恋』を題材にした内容なら立ち直り方や、失恋していても、そんな風に見えないように振る舞う方法が載っているかもしれない。

それから数日間、エミリーは必死になって集めた本を読んだ。

ただでさえ一人きりになるとレオナールのことを想って毎夜泣いていたのに、案の定小説の主人公に感情移入をして大泣きした。

自分がこうしている間にも、レオナールはコレットと仲を深めているのかと想像したらなおのこと涙が出てきて、翌日腫《は》らさないようにと冷たいタオルで一生懸命冷やしたけれど、努力は徒労に終わって瞼《まぶた》は腫れ、ますます周りを心配させてしまうこととなった。

しかしこんなにまでしても欲しかった情報は得ることができず、暗い気持ちだけが彼女の心に重く残った。作戦は失敗だ。

だからといって、これ以上大切な人たちに心配をかけたくない。

エミリーは部屋に引きこもっていたい気持ちを抑え、極力いつも通りの生活を送るように心がけた。

◆◇◆

「ああ、なんて甘酸っぱくて、塩辛いシフォンケーキなんだろう。涙が出てきてしまったよ」

「え、塩辛い!? 嫌だわ、きっと塩と砂糖を間違えちゃったんだわ！ ヴィクトルお兄様、ごめんなさいっ……！」

ヴィクトルから休憩時間に手作りのお菓子でお茶がしたいと頼まれていたエミリーは、彼の政務室に焼き立ての苺《いちご》のシフォンケーキを持ってきていた。

味見をした時は普通に甘く感じた。まさか失恋で味覚までおかしくなってしまったのだろうか。

ヴィクトルは慌てて下げようと伸ばしたエミリーの手を握ると、塩辛いらしいシフォンケーキをまた口に運ぶ。

「大丈夫、間違えてなどいないよ。そういう意味じゃないんだ」

「え？　じゃあ、どういう意味なの？」

「料理の味には、作った人間の感情が反映されるそうだよ。このシフォンケーキは、涙の味がするね。……必死にいつも通りに過ごしているようだけれど、失恋の痛みはまだ癒えていないのだろう？」

失恋前と同じ行動を心がけているのに、どうしてわかってしまうのだろう。

「それは……」

そんなことはないと虚勢を張ることすらできなくて、エミリーは唇を噛《か》んで俯《うつむ》いた。

「ヴィクトルお兄様は私が失恋したって知っているからそう見えるの？　それとも他の人から見ても変ってわかる？」

「他の者から見ても、お前に元気がないのは一目瞭然だよ。私は理由がわかっているけれど、他の者はどうしてお前に元気がないかわからないから、とても心配しているだろうね」

「そう……」

心配させたくないと思っていても、これ以上はどうしたらいいかわからない。

どうしたら、この辛さから解放されるの？

どうしたら、皆を心配させずに済むの？

どうしたら、いつも通りの自分に戻れるの？


俯いたまま顔があげられずにいると、机の下にハンカチが落ちているのに気付く。

「あ……ヴィクトルお兄様、ハンカチが落ちているわ」

「ああ、本当かい？　気が付かなかったよ」

手渡そうと拾い上げたら、ふわりと爽やかな香りがする。

「あ……」

この香り――レオナールお兄様の香水だわ。

瞳から透明な粒が零れ、ハンカチの上にぽろりと落ちた。

「や、やだ。ごめんなさい……」

泣くつもりなんてなかったのに、そんな前触れすらもなかったのに、レオナールの香りを感じた途端、堰《せき》を切ったように涙が溢れる。

思わずハンカチを持ったまま顔を覆うと、ますます彼の香りを近くに感じることとなって涙がますます止まらなくなる。

「エミリー……」

「これ、レオナールお兄様の、よね……。いらっしゃっていたの？」

「……ああ、そうなんだ。お前に辛い思いをさせてしまうから黙っていた。レオナールはお前に会いたがっていたが、余計なことをしてしまったかな？」

首を左右に振ると、エメラルド色の瞳からまた涙がこぼれた。

会いたくて堪《たま》らない。でも、会ったら絶対にこうして泣いてしまうに違いない。

どうしたら、好きでいるのをやめられるのだろう。

好きでいるのをやめたくない場合は、どうしたらいいのだろう。

――わからないわ……。

どうしてこんなに一生懸命考えているのに、答えが出ないのだろう。

母が亡くなった時の苦しさと、少し似ている。悲しみから逃れたいと思っているのに、どうすることもできない。途方のない苦しみ――。

次から次へと溢れる涙が、持ったままだったレオナールのハンカチに滲《し》みこんでいく。

出口が最初から存在していない迷路をひたすらグルグル彷徨《さまよ》っているみたいだ。

「レオナールのことが辛いんだね。お前が傷付くのはわかっていた。お前が傷付くのは見たくない。このまま隠しておこうか……とも考えたが、いつかは知ることだ。後から知る方が余計辛いと思ったから伝えたが……お前の気持ちを考えると、胸が千切れそうなほど苦しいよ」

「……っ……泣いたりしてごめんなさい……ヴィクトルお兄様を悲しませたくないのに……でも、止まらなくて……」

「ああ、お前はなんて優しい子なんだろうね。いいんだよ。心配するのは、兄として当然のことなんだから。無理に泣きやまなくていい。私の胸で気が済むまで泣きなさい」

ヴィクトルはエミリーをそっと抱き寄せ、幼い子供をあやすように優しく髪を撫でた。

「そうだ。エミリー、旅行へ行っておいで」

「旅行？」

「ゆっくりと船旅はどうだ？　いろんな国を回って、綺麗な景色を見て、美味しいものを食べるんだ」

少し前のエミリーなら瞳を輝かせて、すぐに頷《うなず》いていただろう。でも、今は違う。

「いえ、今はそんな気持ちになれないの……」

「そんな気持ちだからこそ、行くべきなんだよ。ようは気晴らしさ。いつもと違う環境で、いつもと違うことをすれば、きっと今よりいい状態になるんじゃないかな？」

「そう……なの？」

こんなにも辛い気持ちが、環境を変えるだけで本当になんとかなるのだろうか。

エミリーは顔を覆っていた手を退け、すがるような目でヴィクトルを見上げる。

「ああ、きっとそうさ。私が可愛い妹のお前に嘘《うそ》を吐《つ》いたことがあったかい？」

「……この会話の流れだと『ない』って答えるべきだと思うのだけど、嘘を吐くのは嫌だから言うわね。数えきれないぐらいあるわ」

でもエミリーは、彼が大事な時には嘘を吐かないと知っている。

「おっと、そうだったかな？　いや、きっとお前の記憶違いだろう。私のように真《ま》っ直《す》ぐな男が、嘘を吐くはずなんてないからね」

「ふふ、もう、ヴィクトルお兄様ったら」

ヴィクトルは久しぶりに見られた愛する妹の笑顔を嬉しそうに見つめ、艶《つや》やかなブロンドをそっと撫でた。

旅行なんて久しぶりだわ。最後にしたのは――ああ、お姉様の結婚式の時だった、かしら……。


ヴィクトルが旅行を提案してからわずか数日後、エミリーは世界一豪華とされる豪華客船ヴァーグに乗船していた。

提案から旅行当日まであまりにも早すぎると驚いたが、実はちょうど招待を受けていたそうだ。

三千人もの人数が乗ることが出来る大型客船で、様々な国を回りながら二週間の旅を楽しむ予定となっている。

船旅には次男のアベルが付いてきてくれることになったが、港に着いたところで「枕を忘れた。あれがないと一睡も出来ない」と言って、降りたばかりの馬車に再び乗り込み、城へと引き返して行った。

自分も付いて行くと言ったが、すぐに戻ってくるから先に乗船していなさいと言われて船に乗り込んだのだった。

「アベルお兄様は、まだかしら……」

身の回りの世話をしてくれる二名のメイドと一緒に無事乗船を済ませたエミリーは、一人広い部屋の中で窓辺に立ち、小さなため息をつく。

部屋はリビングと隣には寝室、そして広いバスルームが併設されていた。どの部屋も大きな窓が付いていて、そこからは広い海の風景が楽しめる作りだ。

次にスティルバイト国へ戻ってくるのは、二週間後――。

レオナールお兄様は、今頃どうしているかしら。……コレットさんと会っているのかも。

勝手に想像して、しょんぼりと肩を落とす。

失恋してからというもの、レオナールと全く顔を合わせていない。レオナールが出席する予定の社交界にも体調不良を理由にして全て欠席した。

心配したレオナールが何度か訪ねてきてくれたらしいが、ヴィクトルがそれとなく不自然にならないような理由で断ってくれたそうだ。

会ったら泣いてしまうだろうから、ヴィクトルの配慮に心から感謝している。

でも、すごく会いたくて、今すぐ彼の下《もと》へ飛んで行きたいと思うほど、堪らなく彼が恋しい。

胸が、苦しい……。

気が付けばこうして、レオナールのことを考えてしまう。

こんなにもレオナールのことで胸がいっぱいなのに、帰国後彼の顔を見て、いつものように話せるようになるのだろうか。

もしかしたら戻る頃には、コレットと付き合い始めているのかもしれない。いや、エミリーが知らないだけで、もう付き合っているのかもしれない。

あの二人が並んでいる姿を見て、泣いてしまわないだろうか……。

目の奥がじわりと熱くなるのを感じ、暗い考えを振り払うように首を勢いよく左右に動かす。

「……っ……もう、私……また、こんなこと考えて……！　もっと違うこと考えなくちゃ……」

そういえば、アベルはまだ到着していないのだろうか。

もうとっくに戻ってきてもいい時間なのに……。

早くしないと、出航の時間になってしまう。

「もしかしたらもう、来ているのかしら」

使用人たちは二等船室に、そしてエミリーとアベルは最高級の設備がある一等船室で、隣り合わせに部屋を取っている。

着いたらすぐにエミリーの部屋に来てくれると言っていたけれど、到着したものの移動で疲れて、少し休んでいるのかもしれない。

このまま黙っていてもそわそわしてしまうし、自分から訪ねてみよう。

部屋を出ようと鍵を開こうとしたその時、まだ触れてもいないのになぜか鍵が開いた。

「えっ⁉」

ど、どうして鍵が開くの……っ⁉

部屋を開けることができるのは、この部屋に宿泊する客とマスターキーを持つ者だけのはずだ。部屋を整える関係で乗船手続きをする前なら入室することはあるだろうけれど、今この部屋を開ける権利があるのは、エミリーだけのはずだ。

驚いて出した手を引っ込めると、カチャリと音を立てて扉が開く。

扉を開けた人物を見て、エミリーは目を大きく見開いた。

「……エミリー？　どうしてお前がここにいるんだ？」

「なっ……えっ……えぇっ⁉」

なぜなら扉を開けた人物が、レオナールだったからだ。

レオナールの顔を見たら、香りを嗅いだだけで泣いてしまうくらいだ。絶対に泣いてしまうと思っていた。

「ここはアベルの部屋で、お前の部屋は隣のはずだろう？」

でも実際は泣かなかった。それは多分、あまりに衝撃的な登場だったせいだ。

「え、な、何？　え？　一体どういうことなの？　ここは私のお部屋で、アベルお兄様のお部屋は隣よ？　というか、どうしてレオナールお兄様がここに？」

しかも彼は、大きな旅行鞄を持っている。

「アベルから頼まれて来た。残念だが急な政務が入って、旅行ができなくなったそうだ。その代わり、俺が同行する」

「な……っ……ええっ⁉」

あ、そうだわ。アベルお兄様は、私がレオナールお兄様に恋をしていることを知らないから……！

ヴィクトルに口止めをしていたのが仇《あだ》となった。

急な政務が入ったアベルが大事な妹を頼むとすれば――本当の兄のように慕っているレオナールと考えるのが自然だ。

レオナールに失恋した傷心旅行なのに、彼と旅行だなんてありえない話だ。

「そ、そうだったの。でも私、一人で大丈夫。レオナールお兄様もお忙しいでしょうし、もうお帰りになって」

「いや、片付けなければいけないものは、全て片付いている。それに一人旅などをさせるわけにいかない」

お前は子供なのだから、という意味なのだろう。

また、子供扱い……。

もしこの一人旅をするのがコレットなら、きっとこんな心配はしないはずだ。

胸の中が嫉妬でいっぱいになって、頭に血が上ったエミリーは声を荒げてしまう。

「大丈夫よ。だって私、もう十六歳で大人だもの！」

「わかっている。大人の女性だからこそ心配なんだ」

「えっ」

予想外な一言だった。

エミリーが呆気《あっけ》に取られて目を丸くしていると、汽笛の音が聞こえてくる。出航の合図だ。

窓に駆け寄ると、船はもう動き始めていた。これでもう、レオナールは降りられない。

な、なんてことなの……。

「アベルと旅行ができなくなってしまって残念だったな。だが、またいつか機会はあるだろう」

レオナールはエミリーの隣へと足を進め、隣に立つと頭をポンと撫でた。

「すまないな。今回は俺で我慢してくれるか？」
「我慢だなんてそんなっ！　私はレオナールお兄様と一緒に旅行が出来るなんて嬉《うれ》しいもの！
すごく嬉しいの！　……あっ」
私、何を言ってるの～……！
呼吸をするように、自然と言葉が出てきた。
そう、喜んでしまう。
失恋してどんなに辛くても、好きな人と一緒に過ごすのは嬉しくて、喜んでしまう。だから
こそいけない。ただでさえ強く大きな気持ちが、なおのこと育つことは明白だ。
これじゃ私、失恋から立ち直れない――。
「ところでエミリー、どうしてお前がこの部屋に入ることができたんだ？　ここはアベルの部
屋だと聞いていたが」
「それは私も聞きたいわ。どうして入って来られたの？　アベルお兄様の部屋は隣で、ここは
私の部屋よ」
二人で首を傾《かし》げながら、お互い鍵を出す。鍵には部屋番号が彫ってあるプレートが付いてい
る。開錠できたのだから当たり前だけれど、プレートに刻まれた部屋番号は同じものだった。
すぐさまフロントに確認を取ると、最初から一部屋しか予約されていない上に、一部屋に二
人宿泊するという予約になっていたという衝撃の事実が発覚した。

恐らく何かの手違いが働いたのだろう。

少し驚いたけれど、慌てずに別の部屋をもう一室取りたいと頼んだところ、一等船室どころか二等、三等、どの部屋も満室で、空きが全くないらしい。

使用人たちと代わってもらおうにも皆女性なので、防犯のため、二等船室の女性しか入ることが許されないフロアにある部屋を取っている。レオナールと部屋を取り換えようにも不可能だし、エミリーが取り換えるにしても女性使用人とレオナールが二人で泊まることとなってしまう。

同行している女性使用人は二人――皆年頃で、とても美しい女性たちだ。

レオナールお兄様と二人のどちらかが一緒の部屋になるなんて嫌……！

「レオナールお兄様、一緒のお部屋で過ごしましょう？　私たち、本当の兄妹みたいに過ごしてきたんだもの。同じお部屋だって平気じゃない。ね？」

あまりに嫌で、何も考えずに思わずそう言ってしまった。

何を言ってるの私～……！

失恋の傷を癒すどころかますます深くなるに違いない。

「……兄妹、か」

レオナールが暗い顔でぽつりと呟《つぶや》く。

「レオナールお兄様？」

「ああ、いや、なんでもない。そうだな」

承諾してくれたことに心底安堵《あんど》するのと同時に喜び、そんな自分にがっかりする。

失恋してるってわかっているのに、この期に及んで同室になれると喜んでどうするのだろう。

「え、ええ、そうよ」

「まあ、こんな大きくなってから同じ部屋で過ごす兄妹は、仲が良くてもあまりいないかもしれないな。……結婚する前のいい思い出になる。もうこんな機会は二度とないな」

結婚――……。

頭に鈍器で打ちつけられたような衝撃が走り、膝から崩れ落ちそうになる。

結婚、ということは、もうコレットと付き合い始めたのだろう。瞬く間に瞳が潤むのがわかり、エミリーは苦肉の策で頬の内側をギュッと噛む。

痛いけど、心に比べたら痛くない。

「そう、ね……いい思い出にしたいわ」

いい思い出にできたら、失恋から立ち直ることができるだろうか。

「ベッドは一つか。俺はソファで寝るから、エミリーがベッドを使うといい」

「いいえ！　私がソファで寝るわ。レオナールお兄様の身体の方が大きいもの。ソファでなんて寝たらあちこち痛くなっちゃうわ」

「大丈夫だ。心配しなくていい。それにしても久しぶりだな。体調はどうだ？　少しはよくなったか？　……まだ、顔色があまりよくないな」

大きな手が、エミリーの頬を包み込む。彼の温《ぬく》もりがじんわり伝わってくると、なんとか我慢している涙がまた出てきそうになる。

「大丈夫……よ」

『お見舞いに来てくださったって、ヴィクトルお兄様から聞いていたわ。せっかく来てくださったのに、会えなくてごめんなさい』と続けたいのに、話すと余計涙が出そうになるからこれ以上言葉が続けられない。

「本当か？　いや、少し休んだ方がいい」

レオナールは軽々とエミリーを抱えると、ベッドに向かって歩き出す。

「あっ……レオナールお兄様、私、自分で歩けるわ」

「具合が悪いんだ。無理をするな」

「でも、私、重いものっ」

「重くないから気にしなくていい」

「でもでも……っ」

下ろしてほしいという意思を示すため足を上下に動かしても、逞《たくま》しい腕はビクともしない。

絶対重いのに、子猫でも持ち上げるみたいに軽々と抱いてくれてる。ああ、それにすごく近い。

レオナールお兄様の香りがする……。

もう、ときめいてはいけないとわかっていても、ドキドキと鼓動を高鳴らせてしまう。

そうしているうちに到着して、ふかふかのベッドに下ろされた。

「あ、ありがとう……」

お礼を言うと、レオナールが口元を綻ばせる。

「え、何？　や、やっぱり、重かった？」

エミリーが頬を真っ赤に染めてそう訪ねると、彼は口元を綻ばせたまま首を左右に振った。

「いいや。昔と比べたら重くなったが、重くない。今笑ったのは、昔のことを思い出したからだ」

「昔？」

「ああ、昔はよく抱っこをせがんできて、帰るまで下ろしては嫌だと言っていたものだと思ってな。大人になったんだな」

ああ、違ったんだわ……。

恥ずかしい勘違いに気付いたエミリーは、赤面してドレスの裾をぎゅっと握りしめる。

大人扱いしてもらえたことに、舞い上がっている自分がいた。でも違う。どんなに成長しようとも、彼の心の中ではいつまでもエミリーは子供で、異性として見てもらえることなどない。

「……そうよ。大人になったの」

早く、大人になりたかった。子供だったから、大人になればレオナールと結ばれるに違いない、と……自分の望みが叶わないはずがないと、夢を見ることができた。

でも、大人になった今は違う。

今は子供の頃に戻りたくて堪らない。だって子供の頃に戻れば、レオナールはコレットと結婚しない。

子供の頃は大人になりたくて、大人になったら子供の頃に戻りたいだなんて……私はどれだけ我儘《わがまま》でいれば気が済むのかしら。

「気分がよくなったら、後でゆっくりお茶をしよう」

「ええ」

レオナールはエミリーの頭を軽く撫でると、寝室を出た。

彼は扉の近くに置いたままにしていた鞄から本を取り出し、窓辺にある一人掛け用のソファに腰を掛けた。

エミリーはベッドから起き上がり、こっそり扉を少しだけ開けて隙間から彼の様子を眺める。

長い足を組んで本を読む彼の姿は、まるで一枚の絵画のようだ。完璧で、欠点がどこにもなくて、誰もが息を呑んで見惚《みと》れるようなそんな——。

もう、これ以上好きになっては駄目なのに苦しいぐらい心臓の音がうるさくて、レオナールに抱きかかえられたときに触れられた場所が熱い。

音を立てないように扉をそっとしめて、ベッドに寝転ぶ。

せっかくレオナールが運んできてくれたのだから、少しは寝るべきだろう。でも、壁を一枚隔てているとはいえ、彼がいる部屋で眠るなんてドキドキして絶対無理だ。

二週間、レオナールお兄様と一緒……ずっと一緒……。

旅行中まともに寝ることなんてできるはずがない。

きっとさぞかし酷《ひど》い顔になるだろう。そんな顔を彼に見られるのは恥ずかしい。どうしよう……と最初こそぐるぐる考えていたものの、割とすぐに眠気が訪れた。

「ふぁ……」

あくびが出て、瞼が重くなってくる。

あ、あら？　どうして私、眠くなってきてるの？

失恋してからというもの夜になると色々考えて眠れなくて、ようやく眠れてもレオナールがコレットと仲睦《なかむつ》まじくしている姿を遠くから眺める夢や、彼に気持ちを知られて迷惑がられる夢を見てうなされて熟睡できなかったのだ。

もちろん、昨日も……。

しばらく十分な睡眠をとれなかった分、身体が睡眠を求めているようだ。

駄目、駄目、駄目！　寝惚《ねぼ》けて変な寝言を言っちゃうかもしれないし、それに……うう……ね、眠いわ……。

「寝てはいけないと思うほど、眠くなるのはどうしてかしら……」

「ん？　どうかしたか？」

エミリーが必死に眠気と格闘していると、本を読んでいたレオナールが寝室の扉を開けた。目が合うと彼は穏やかに微笑んでくれる。

「あ……な、なんでもないの」

「そうか。何かあったら隣にいるから、すぐに言うんだぞ」

「ええ、ありがとう」

胸がキュンとして、苦しくて涙がまた零れそうになる。

好き――。

どうしてこんなにも好きなのに、手に入らないんだろう。

ずっとずっと好きだったのに、どうして手に入らないんだろう。


とうとう眠りに落ちそうになった瞬間、ふとこんなことを考えた。

もし悪魔が現れて、「魂と引き換えに、なんでも願いを叶えてやろう」と言われたら、どうするか――。

すごく昔に読んだ本の内容だ。

窮地に困り果てていた主人公の元に悪魔が現れ、命と引き換えに願いを叶えてやると誘惑しにくる。

主人公は悪魔の誘惑をすぐさま立ち切っていた。

それを読んでいたエミリーも深く頷き、もし自分も同じ状況に立たされたとしても、悪魔の誘いになんて絶対に乗らないと思っていた。

でも、今なら……？

もし悪魔が現れて、そう質問したとしたなら？

レオナールお兄様の心をどうか私にください――。

全く悩むことなく、後先を考えることなく、すぐにそう頼むだろう。例え人の道を外れたとしても、レオナールの心が欲しい。

◆◇◆

『私ね、この箱に入っている中身が欲しいの。とっても素敵なものが入っているのよ。私はこの箱の中身がとても大切なの』

小さな女の子が、宝石がたくさん付いた箱を両手で抱きしめている。

誰……？

靄《もや》がかかっていて顔や姿は見えないけれど、なんだかとてもよく知っている子のような気がしてならない。

『そうなの？　何が入っているの？』

そう尋ねても、女の子は教えてくれない。宝石がたくさん付いた箱には、たくさんの鍵が付いていた。

『この箱の中身が欲しいの』

女の子は、何度もこの箱の中身が欲しいと訴える。

『じゃあ、開けないといけないわね。鍵はどこにあるの？』

『わからない。でも、あの中にあるんじゃないかって思うの』

女の子が指をさした方向に視線をやると、たくさんの鍵が山のように置いてあった。千、いや二千、三千……数えるなんて馬鹿らしいと思えるほどのたくさんの鍵だ。

『それか、あっち』

また女の子が別の方向を指差した。その先にはまた鍵の山。

『大変だけど、中のものが欲しいなら、頑張って探さないといけないわね』

自分も手伝ってあげると申し出るよりも先に、女の子はふるふる首を左右に振った。

『いいの』

『でも、鍵がないと中のものを取り出せないわ。欲しいんでしょう?』

『欲しいわ。でもあの中に鍵がなかったら、悲しくなってしまうもの。だからこのままでいいの。そうすれば悲しい思いをせずに済むし、中身が自分のものになるかもしれないってワクワクしたままでいられるでしょう?』

そうかもしれないけれど、それじゃ何も始まらないわ。

と言おうとしたのに、喉に何かが詰まっているみたいに声が出せない。それと同時に、胸の中がモヤモヤする。

どうして……?

何も言えずに黙って立ち尽くしていると、黒くて大きな鳥が勢いよく飛んできて、女の子の手から箱を奪って飛び去っていってしまった。

『やだ、どうしてそんなことするの!? 返して……っ! 返してよぉ……っ!』

女の子はそう叫ぶものの、その場から全く動かない。一歩も動かずに、鳥に向かって叫ぶだけだ。

『追いかけましょう! 重さに耐えきれなくて途中で落とすかもしれないし、呼びかけていたら言葉が通じて返してくれるかもしれないわ』

そう言っても、女の子は首を左右に振って追いかけようとしない。

『どうして? とても大切なものなのでしょう?』

『だって、もし返ってこなかったらどうするの？　悲しくなってしまうわ』

あ――……。

女の了の姿と、自分の姿が重なった。

レオナールを欲しいと思いながらも、何も行動せずに彼が好きになってくれるのを指を咥《くわ》えて待っている自分と同じだ。

それに気付いた途端、靄が晴れた。すると女の子はたちまち大きく成長し、エミリーの姿になった。

『身体だけ大きくなっても、心はまるで成長していないのね。レオナールお兄様が欲しくて堪らないのに、何も行動できない意気地なしエミリー。あなたがグズグズしているから、レオナールお兄様は別の女性のものになってしまったわ』

やめて……。

『欲しいものがあるのなら、待っているだけじゃ駄目だってわかっているくせに、どうして行動しないの？　何もしないのに失恋したと泣き暮らすだなんてうっとおしいだけよ』

やめて……。

『自分で自分が嫌になるわ。こんな意気地なしで陰気な女の子をレオナールお兄様が好きになってくれるはずないじゃない！』

もう、やめて……！

「やめて……もう、やめて……」

『エミリー』

遠くから、誰かがエミリーの名前を呼んでいる。

低くて、おちつくけれど胸がときめく声——。

「……うう……やめて……」

『エミリー』

遠くから聞こえていた声が、どんどん近くなってくる。

この声は——……え？　どうしてレオナールお兄様の声が、こんなに近くから聞こえるの？

重たい瞼を無理矢理こじあけると、心配そうな顔をしたレオナールが、ベッドに腰をかけてエミリーを覗《のぞ》き込《こ》んでいた。

「えっ!?　レ、レオナールお兄様!?　どうして私の部屋に……」

飛び起きたエミリーの目に飛び込んできたのは、いつもと違う部屋の様子だった。ぼんやりした頭が、だんだんはっきりしていく。

「あ……そ、そうだわ。ここ、私の部屋じゃなくて……」

いつの間に眠ってしまったのだろう。

やだ、私……レオナールお兄様に寝顔を見られちゃったんだわ！

エミリーの顔が、見る見るうちに林檎《りんご》のように赤くなる。

「もうっ……もうもうもうっ！　レオナールお兄様ったら、酷いわ！　私の変な寝顔を見るなんてっ！」

あまりに恥ずかしくて彼の逞しい胸板を両手で交互にぽこぽこ叩《たた》いてしまう。

「変じゃないぞ。お前が赤ん坊の時から何度も見ているが、いつ見ても可愛い」

か、可愛い……！

一瞬喜んでしまいそうになったけれど、ハッと我に返る。

「可愛いわけないものっ！　見たことないけど、可愛いことないものっ！」

誰かに変だと言われたこともなければ、自分で自分の寝顔は確かめようがない。でもなぜか自分の寝顔は変だという確信があった。

それにレオナールは過去に、幼いエミリーが庭で愛犬と一緒に泥まみれになって遊んでいた姿や、ケーキを食べていて唇の端にクリームを付けて気付かないままでいたときも可愛いと言っていた。彼の口にする『可愛い』を信用して、喜んではならないのだ。

「それよりも大丈夫か？　ゆっくり寝かせてやりたかったが、酷くうなされているのが聞こえたものだから、起こした方がいいと思ってな。怖い夢でも見たのか？」

レオナールはエミリーの乱れたブロンドを手櫛《てぐし》で直しながら、優しく尋ねる。

「怖い夢……怖いというか……辛い夢……だったわ」

辛かった――。

夢の中で、気付いていながらも考えないようにしていた自分の嫌なところを無理矢理見せられた。

心臓がずっと嫌な音を立てて、喉から胃の間に黒い霧がかかっているみたいに苦しい。

「嫌な夢は人に話すといいと言うぞ。もしすっきりしないのなら、話してみないか？」

「自分の嫌なところを思い知らされる夢を見て……私、本当に嫌な子だわ……」

「嫌な子？　お前が？　そんなわけあるか。お前のことはよく知っている。お前は誰よりも優しい子だ」

レオナールは柔らかく口元を綻ばせ、エミリーの頬を大きな手でそっと包み込む。

温かい……。

違うの。私、本当に嫌な子なの。レオナールお兄様が知らないだけで、本当に嫌な子なのよ。

レオナールお兄様がもう他の女性《ひと》のものだってわかっていながらも、この温もりを独り占めしたいって強く思うの……。

そんなことを考えているとレオナールに知られたら、彼はどう感じるだろう。

失望する……わよね。迷惑よね。だってレオナールお兄様はもう、コレットさんと結婚するんだもの。

失望されるのは、怖い。

もし、エミリーが誰かに恋の相談をされたとしよう。

その誰がエミリーと同じ状況だったとしたら——きっと彼女はきっと気持ちを伝えるべきだと、伝えないと後悔する。伝えたら結果が違ってくるかもしれないと強く言うだろう。

では、自分は……？

——言えない。

架空の相手には偉そうにそう助言するのに、同じ状況である自分はレオナールに告白する勇気が出ない。最低だ。

私、どんどん自分が嫌いになってる……。

幼い頃、レオナールへの恋心に気付いた時、ピカピカと光る宝石を手にしたような気分だった。

それはとても清らかで、どこにも汚れがなかったはずなのに——大人になった今は違う。濁って、歪んで……でも、とても大きくなった。

レオナールお兄様が欲しい——。

たとえどんな罪を犯したとしても、欲しくて、欲しくて、堪らないの。

こんなにも強く大きく、そして歪んだ気持ちをどうしたらいいのだろう。

「ん？　あ、ら？　えっ？　もう、夜……!?」

エミリーは開いていたはずのカーテンが閉じていて、ランプの優しい灯《あか》りが部屋を照らしていることにようやく気付いた。

慌ててベッドサイドにある時計を見ると——少しうたた寝したくらいかと思いきや、五時間以上も眠っていたようだった。

「うう、こんなに寝ちゃうなんて」

「よく眠るのはいいことじゃないか。困るとしたら、今日の夜、なかなか寝付けないことぐらいだ」

「でも、せっかくレオナールお兄様と過ごせる時間をたくさん無駄にしちゃったみたいで悲しいわ……」

「無駄って、まだ二週間もあるじゃないか。それに睡眠は大切だ。最近あまり眠れていなかったんじゃないか？　さっきまで青白くて、目が少し赤かったけど、今は血色も戻ってきたし、目も元に戻った」

レオナールはエミリーの頬を両手で包み込むと、彼女の顔をまじまじと眺める。

「やっ……ちょ、ちょっと、待って……寝起きの顔なのに、そんなに見ないで。恥ずかしいわ……」

「ああ、そうか。つい小さい頃の癖が出た。すまなかったな」

気持ちを伝えようとしてもレオナールお兄様の中の私は、いつまで経っても子供のままなのよね……。

支度を調えてから、レストランへ行くことにした。

まだ時間に大分余裕があるということで、うなされてかなり寝汗をかいたエミリーは、軽く入浴を済ませてから用意をすることになった。

もう用意を調えたレオナールには、レストランの隣にあるラウンジで待ってもらっている。

レオナールは用意が調うまで部屋で待っていてくれると言ったが、扉を隔てているとはいえ、傍に彼が居ると思ったら裸になるのが恥ずかしかったので、そうしてもらったのだ。

綺麗になった身体に甘いラズベリーの香りがするボディクリームをたっぷりと塗って保湿し、大きなリボンが付いたピンク色の可愛らしいドレスに身を包んだ。ドレスが汚れないようにタオルで胸元を保護しながら、化粧をしてもらう。

「エミリー様、とてもよくお似合いですわ。なんて可愛らしいのかしら。まるでお人形みたいだわ」

「ありがとう。ポーラとエメが綺麗にお化粧してくれたおかげよ」

「いいえ、お化粧は本当に薄くしただけですもの。可愛らしいのは、エミリー様が元々可愛らしいからですわ」

以前は「レオナールに子供扱いされないように」と考えて大人っぽく見えるものを自分で一

生懸命選んで着ていたし、ボディクリームの香りも大人っぽい香りを選んで付けていた。

けれど失恋してからはレオナールを意識することはやめなければ——と考え、背伸びするのは終わりにして思いきり自分の趣味に走るようになったのだけど……彼の目があると思ったら、やっぱり大人っぽいものを身に付けたくなる。可愛いと言われるよりも、綺麗だと言われたいと思ってしまう。

……思ってしまったところで、全て可愛らしいものしか用意してきていない。

これでいいのよ。これで……。

そう自分に言い聞かせていると、化粧道具等が入っているトランクからブルネットの長い毛がはみ出ていることに気付いた。

まさか、人の頭……⁉

エミリーの脳裏に思い出さないようにしていた恐しい話の記憶が蘇る。

あれはエミリーが十二歳の時、例年にはないとても暑さが厳しい夏が訪れたことがあった。すっかり暑さにまいっていたエミリーに、ヴィクトルがホラー小説を勧めた。複数の小説家が書いた短編集を一つにまとめて作った本らしい。

怖い話は苦手なので拒否したが、恐ろしい話を読めば涼しくなるかもしれないと言われ、読み始めることにしたのだ。

暑さで判断能力が鈍っていたのかもしれない。結果あまりの恐ろしさに一人で眠ることができなくなった上に、猛暑の中、頭まですっぽりブランケットを被らないと寝付けなくなり、とてつもなく後悔した。

一番怖かった話は両親を事故で亡くしたために若くして伯爵家の当主を継いだ主人公の話だ。彼には歳の離れた幼い妹がいた。妹は母譲りの美しいブロンドに父と同じ青い瞳で、以前から彼女を可愛がっていた主人公は、両親の忘れ形見としてより溺愛し、心の傷を癒《いや》していた。

両親を亡くして辛いのは妹も同じなのに、彼女は兄の悲しみを癒やそうと明るく振る舞っていて、彼女の愛らしさと強さにエミリーも心を打たれた。自分もこんな妹が欲しいと思うほどに……。

しかし物語が進むと、その妹が行方不明になってしまうのだ。

どんなに捜してもいないのに、夜になると『タスケテ』『セマイ』『ナイノ……』と妹の声がどこからか聞こえるようになった。屋敷のどこかに閉じ込められてしまっているのだろうか……と隈《くま》なく捜しているうちに、地下室に隠し扉を発見した。

鍵は壊れていてかかっていない。恐る恐る開けると、部屋には魔方陣が描かれているのが見えた。その魔方陣をぐるりと蠟燭《ろうそく》で囲んであり、中央には古びたトランクが置いてある。

なぜ、こんなところにトランクが……？

主人公は引き寄せられるようにトランクへ近付くと、あることに気が付いてギクリとした。

そのトランクからは、見覚えのある愛《いと》おしいブロンドがはみ出ていたのだ。

そこで読むのをやめればよかったと後から何度も後悔したが、エミリーはついページをめくってしまった。

トランクに入っていたのは、妹の生首だったのだ。


「きゃあ！」

あの時読んだ本の記憶が一気に蘇《よみがえ》り、エミリーは思わず悲鳴を上げる。

「エミリー様、どうなさいました⁉」

「か、鞄から、髪が……」

「え？　あら、やだっ！　挟まっているわ。ちゃんとしないと傷んでしまうのに！　もう、エメったら駄目じゃない」

「ごめんなさい。うっかりしていたわ」

エメが鞄を開けると、ブルネットのウィッグが入っていた。

「お、驚いたわ。人の頭でも入っているんじゃないかって……」

そうよね。人の頭のわけがないわ……。

「あ、もしかしてそれって、小説の……」

ポーラが話す途中で、エミリーはうんうんと頷く。

「そう！　タイトルは忘れちゃったんだけど、ホラー小説でトランクの中に女の子の頭が入っている描写があって……ポーラも読んだことがあるの？」

「いえ、私は読んだことはありませんが、ヴィクトル様からお聞きしたんです。エミリー様を恐怖のどん底に落とした小説があって、恐怖に怯《おび》えたエミリー様は可哀想だったけれど、とても可愛かった……と惚気《のろけ》ていらっしゃいましたよ。ね、エメ？」

「ええ、使用人たちは皆知っていますわよ。とてもお可愛らしいと皆で盛り上がりましたわ！」

ヴィクトルお兄様～……！

小説を思い出して蘇った恐怖が、一気に怒りへ変わる。

「でも、どうしてウィッグなんて持ってきているの？」

「最近はこうして違う髪色を楽しむのが流行《はや》っていますの。ブルネットの他の色もございますわ。もしよろしければ今日はウィッグを楽しんでみますか？」

エメとポーラがトランクの中から、次々とウィッグを出していく。ピンクブロンド、銀、栗色《くりいろ》……でもエミリーの目に留まったのは、やっぱり最初に見たブルネットだった。コレットと同じ髪色だ。

コレットさんのブルネット、とても綺麗だった……。

レオナールの好みは、ブルネットなのだろうか。もし自分もブルネットの髪にしたら、ときめいてもらえるだろうか。綺麗だと思われるだろうか。

何を期待しているのだろう。どんな努力をしようとも、レオナールが自分にそんな感想を抱いてくれるはずがないことぐらいわかっているはずなのに。

「あら、ブルネットがお好みですか？　では、こちらにしましょうか」

「えっ⁉　あ、えっと、私……」

「エミリー様は肌が透き通るようにお白いので、ブルネットも絶対にお似合いになりますわ。失礼致しますわね」

ポーラがブルネットのウィッグを被《かぶ》せて、エメが固定するためのピンを差し込んでいく。

ブルネットはやめておくと言えばいいのに、レオナールに見てもらいたくて……彼に似合うと思われたいという希望がどうしても捨てられなくて、何も言えない。

レオナールはもうすぐコレットと結婚する。この気持ちは諦めないといけないのに、気持ちが上手《うま》く切り替えられない。

どうしたらいいの……。

「髪は巻いた方がいいかしら」

「真っ直ぐも可愛らしいと思うわ。大き目のヘッドドレスを付けたら……ね？」

「本当！　これなら真っ直ぐの方がいいわね。エミリー様、いかがですか？」

腰の長さまであるブルネットのウィッグはあえて手を加えず真っ直ぐなままにして、ドレスと同じ色の大きなリボンが付いた大き目のヘッドドレスで飾られた。

可愛らしいドレスに合わせた髪型なので、当然可愛らしい印象だ。脳内でとても美しかったコレットの姿を思い出し、あまりの自分との違いに落胆してしまう。

「あら、このヘッドドレスはお気に召しませんか？」

「いえ、違……」

エミリーの声をかき消すかのように、乱暴に扉を叩く音が聞こえてきた。

「な、何？」

外に通じるリビングの扉を叩く音だ。

まさか――強盗？　いや、一等船室は厳重に警備されている。それは考えにくい。でも、万が一ということもある。

怖い……。

「私が見てまいります」

ポーラは自分が出た後にバスルームの扉を閉めて鍵をかけるようにエメに指示し、彼女が鍵をかけたのを確認してリビングへ向かった。

「ポーラ、待って！　危ないわ！　ご、強盗かも……」

「エミリー様、大丈夫ですわ。例え強盗だったとしても、ポーラは武道の嗜《たしな》みがございますから。屈強な男性五人に同時に襲い掛かられたとしても、彼女なら素手で余裕です。武器があれば十人はいけますわね」

「そうなの⁉」

し、知らなかったわ……。

ポーラはどちらかと言えば華奢《きやしや》な女性だ。一体どこに男性五人を倒せる力を秘めているのだろう。

『きゃあ！　レオナール様⁉』

「えっ……⁉」

レオナールお兄様⁉

彼の名前が聞こえると弾《はじ》かれたように身体が動いて、エミリーは鍵を開けてリビングへ飛び出した。そこには船の使用人二人とレオナールの姿があった。彼は使用人に両脇を抱えられ、目を瞑《つぶ》ってぐったりとしている。どうやら意識を失っているようだった。

「レオナールお兄様……！　どうしたの⁉　レオナールお兄様……っ！」

エミリーが何度大きな声で呼びかけても、彼は目を開かない。

「な、何があったの……？」

声が震える。

一体彼はどうしてしまったのだろう。

「寝室に失礼致します。説明は横になって頂いた後にさせていただきますので」

「え、ええ……」

ポーラがさっとブランケットをめくり、船の使用人が手早くレオナールをそこに寝かせた。

エミリーが震える指を彼に伸ばそうとした瞬間、船の使用人がそれを止める。

「ああ、どうか揺さぶらないように……」

「えっ？」

エミリー達は寝室から出て、リビングで話を聞くことにした。

ラウンジへ向かう途中の通路に、幼い男の子がいたそうだ。

初めての旅でとてもはしゃいでいて、一緒に居た両親が何度も窘《たしな》めていたが、子供は彼らの隙を見て勢いよく走り出し、階段から足を踏み外してしまったらしい。

ちょうどそこに出くわしたレオナールは咄嗟《とっさ》に子供を庇《かば》い、そのまま子供と一緒に階段の一番上の段から下まで落ちた。

子供はレオナールにしっかりと抱きかかえられて無事だったが、子供を守ることを最優先にしていたレオナールは頭を打って気を失ったそうだ。

「そ、そんな……じゃあ、レオナールお兄様はどうなってしまうの⁉　まさか、このまま目が覚めないなんてことは……」

「いえ、ここに来る前に勝手ながら、緊急性がございましたので当船の医師が診察させていただきました。咄嗟のことではございましたが、しっかりと受け身を取っていらっしゃったようで身体にはほぼ怪我《けが》はございません。頭を打ったのもわずかのようなので、軽い脳震盪《のうしんとう》を起こしていらっしゃるだけのようです。直《じき》に目覚められるはずです」

「よかった……」

安堵のあまり、エミリーはその場にへたりこんでしまう。

「エミリー様！」

「大丈夫ですか⁉」

「ごめんなさい。安心したら、力が抜けてしまって……」

ポーラとエメに支えられながらエミリーはよろよろと立ちあがり、ソファに腰を下ろす。

「目覚められてご気分が悪かったり、容体が急変するようなことがございましたら、いつでもお呼びください。では、我々はこれで失礼致します」

「ええ、ありがとう」

使用人達は、もし痛みがあってはいけないから……と、念のため痛み止めを置いて行ってくれた。

まさか、こんなことになるなんて……。

「私がラウンジで待っていてほしいなんて我儘を言ったからだわ……お部屋で待ってくださっていたら、こんなことにはならなかったのに……」

後悔が押し寄せ、涙が出てくる。

「いいえ！　これは不幸な事故であって、エミリー様のせいなどでは決してございませんわ！

ね、ポーラ」

「ええ、その通りですわ。エミリー様も少しお休みになった方がいいですわ。……と言っても、ベッドは一つでしたね。今日はどうか私たちのお部屋でお休みくださいませ」

ポーラとエメがすぐに違うと否定してくれる。口に出したことで否定してほしいと察してくれという空気を出してしまった気がして自己嫌悪に襲われる。

「レオナール様がお目覚めになるまで私がお傍に付かせていただきます。ですからエミリー様はゆっくりお休みくださいませ。そうだわ。まだお食事も口にしていないもの。何かお部屋に運ばせましょう」

「ありがとう。でも、食事は大丈夫。今はとても喉を通らないわ。レオナールお兄様もまだ召し上がっていないし、お兄様が起きてからいただくわね」

「あっ……そうですわよね。申し訳ございません。私ったら、ご配慮が足りなくて……」

「ううん、そんなことないわ！　たくさんありがとう。二人こそお腹《なか》が空いたでしょう？　今日はもう下がって休んでちょうだい。それにレオナールお兄様が目を覚ますまで、お傍を離れたくないし……」

「いいえ！　エミリー様が召し上がらないのに、私たちがいただくわけにはいきませんわ！　どうか私たちもお傍にいさせて下さい」

何度下がってもいいと言ってもポーラとエメがそれを拒むので、三人でレオナールの目覚めを待つことにしたが彼はなかなか目を覚まさず、ついに日付を越えてしまった。

「二人とも、後は私に任せてもう休んで。一緒に待ってくれてありがとう」

「そんなわけにはいきません！　エミリー様がお休みにならないのに、私たちだけがお休みをいただくわけには……」

「私はさっきゆっくり寝かせてもらったから十分体力があるの。……命令よ。二人とも下がって」

このような言い方は嫌だけど、こうでも言わなければ優しい二人は引き下がってくれないだろう。

それでもポーラとエメは引かず、何かあったらすぐに二人を呼ぶという約束をすることでようやく下がってもらえた。

「レオナールお兄様、私のせいでごめんなさい……」

二人を扉まで見送ったエミリーは再び寝室へ戻り、レオナールの右手を両手で握る。

レオナールお兄様は、本当に目を覚ますの？　まさかこのまま目が覚めないんじゃ……。

一人になると、大きな不安が押し寄せてきた。

「う……っ……ひっく……」

さっき止まった涙がまた溢れてきて、小さくしゃくりあげてしまうとレオナールの瞼《まぶた》がわずかに震えた。

「ん……何を泣いているんだ……？」

「……っ……！」

レオナールお兄様！　目が覚めたの⁉

彼の瞼がゆっくりと開いて、エミリーの姿を捉えた。

よかった……っ！

エミリーは思わず身を乗り出し、彼に思いきり抱き付く。

「よかった……も、目を覚まさないんじゃないかって、怖かった……」

不安の涙は安堵の涙に変わり、彼の服に涙が滲《し》みこんでいった。

「…………誰だ？」

「え？　誰って……」

身体を離してベッドの上に座ると、レオナールが切れ長の瞳を大きく見開いてエミリーを見ていた。

私のことがわからないの……⁉

そういえば、聞いたことがある。事故などで頭を打った際に、記憶障害を起こしてしまうということがあるそうだ。

エミリーは素早く考えを巡らせた。

私のことがわからない……ということは、コレットさんのこともわからないってこと？

うん、だってそうよね。だって私は、コレットさんと出会うずっと前からレオナールお兄様と出会っているもの。

エミリーを忘れるということは、それ以降に出会ったコレットのことも忘れているのだろう。彼女を忘れているということは、コレットと付き合っていることも、結婚しようとしていることも忘れている……ということだ。

忘れてる……私のことも、コレットさんのことも――……。

頭の中が真っ白になって、エミリーは気が付いたらとんでもないことを口にしていた。

「私はエミリー……あの、あなたの恋人よ」

「恋人？　お前が、俺の？」

レオナールに尋ねられ、エミリーはハッと我に返る。

わ、私、なんてことを言っているの⁉

「……そ、そうよ」

ああああ～！　何が「そうよ」なの！　早く訂正しないと……。

「そうか」

信じちゃったじゃないっ！

「あ、あの、レオナールお兄様、もしかして記憶がないの……？」

恐る恐る尋ねると、レオナールは少し間を開けて小さく頷く。

「……ああ、そのようだ」

「えっと、私たちは婚約していて、もうすぐ結婚することになっていて、その──……結婚前に記念で、旅行に来ていたの……。ここは船の中にある客室で、私たちの寝室よ」

嘘《うそ》を訂正しなければいけないと思いながらも、次から次へと嘘を上塗りしていってしまう。

「……そうだったのか」


頭の奥で、声が聞こえる。

──たとえどんな罪を犯したとしても、私はレオナールお兄様が欲しい。


駄目よ。何を考えているの……!?

「そうだわ。記憶がないなんて大変……！　すぐお医者様に診てもらわないと……！」

「いや、それよりも自分のことが知りたい。どうして俺は、ベッドに寝てるんだ？　しかも、こんな格好で……昼寝、ではなさそうだな。もう、深夜だ」

レオナールの服装は、レストランへ行こうとしていた時の恰好《かっこう》のままだった。

頭を揺らしてはいけないと言われていたので、ジャケットはなんとか脱がせてクラヴァットを緩めてはいたが、ベルトもしているしズボンも長時間寝そべっていたせいで皺が出来ている。

「レオナールお兄様は子供を庇って、階段から落ちて頭を打ってしまったのよ。それも覚えていない？」

「……ああ、それは、覚えている。ん？　お兄様？　俺達は恋人なのだろう？　なぜ俺のことをそう呼ぶ？」

「あっ！　そ、それは、そのー……恋人になる前は、そう呼んでいたの。小さい頃から本当のお兄様みたいに可愛がってくれていたから、その、癖で……」

って、また嘘の上塗りをしてどうするの！

「ああ、そうだったのか」

な、納得しちゃったわ……！

自己嫌悪で心臓がバクバクと嫌な音を立てている。ドレスの上から左胸を手で押さえていると、レオナールの指がエミリーの眦《まなじり》を拭う。

「心配して、泣いてくれていたのか？」

「このまま目覚めなかったらどうしようって、怖くて……それにレオナールお兄様がこうなったのは、私のせいだから……」

「子供が階段から転がり落ちそうになったのを庇っただけだ。頭を打ったのは不覚だったな。お前が悪いことなど何一つないだろう？」

「でも、私がラウンジに行っていてなんて言わなかったら、そんな危ない目に遭わないで済んだわ。記憶まで失ってしまって……それに私……」

それにこんな酷い嘘を吐いて、騙《だま》そうとしている。

こんな嘘、やっぱりいけない。


——レオナールお兄様が欲しい。記憶を失っている今、こんな好機はもう二度と訪れないわ。


頭の中で、本能の声が響く。

なんて最低なことを考えているの……！

「私……あの……っ……ン……！」

そんなの絶対に駄目だ。もうこれ以上嘘の上塗りはいけない。痛む良心に背中を押され、嘘だと告白しようとした瞬間、唇を奪われた。

え……？

「お前のせいじゃない。それどころかお前がラウンジに行っておいてほしいと言ってくれたから、子供が階段から落ちそうなところに出くわせた。もしあの場に居合わせていなかったら、あの子供は怪我をしていたかもしれないし、最悪打ちどころが悪くて……という可能性もあった。お前があの子供を救ったのも同然だ」

今、レオナールお兄様、私の唇に……え？　う、嘘……？

今、確かにレオナールの唇が、ちゅっと音を立ててエミリーの唇に重なった。

「あ、え、あ……」

レオナールお兄様が、私の唇にキスしてくれた！

ファーストキスはいつかレオナールとしたいと夢を見ていた。だけどまさか、その夢が叶《かな》う日が今訪れるなんて……。

「だからお前のせいなどではない」

エミリーが顔どころか耳まで真っ赤にし、両手で唇を押さえる。

「エミリー？　顔が真っ赤だぞ。どうかしたのか？」

「レ、レオナールお兄様、今……その……」

「ん？　なんだ？」

レオナールは不思議そうに首を傾《かし》げ、俯くエミリーの真っ赤な顔を覗き込む。

「……キス」

「キス？　今のじゃ足りなかったか？」

「へ⁉　そ、そうじゃなくて、あのっ……んんっ……！」

レオナールは口元を押さえるエミリーの手を退けると、再び唇を重ねてきた。

彼はエミリーのふっくらとした柔らかな唇の感触を楽しむように自身の上唇と下唇の間に挟みながら啄《ついば》み、時折舌で舐《な》めてくる。

「んっ……んんっ……！」

くすぐったい。

でも、純粋な意味でのくすぐったさとは違って……くすぐったいと思ってはいけないような、そんな背徳的な感触だった。

どうしていいかわからないエミリーは硬く目を瞑って、レオナールからのキスを受け入れ続ける。やがて息が苦しくなって、大きく息を吸おうと口を開いた。すると彼の長い舌が侵入してきて、エミリーは思わず硬く瞑っていた目を見開く。

「……っ……んん⁉」

長くて熱い舌が、エミリーの小さな咥内《こうない》や舌をヌルヌルと舐め上げていく。

初めてのキスを体験した後だというのに、さらなる階段を上って大人のキスまで体験したエミリーは、ただただ戸惑いながらも喉から手が出そうなほど欲しかった愛しい人からのキスに翻弄された。

な、に……？

レオナールのキスを受け入れているうちに、お腹の奥がなぜか熱くなり始める。膣口がヒクヒクと収縮を繰り返し、花びらの間に隠れている小さな蕾も同時に疼《うず》き出す。

一体どうしてしまったのだろう。こんなところが反応するなんて、初めてのことだ。

「んんっ……」

両足が自然と擦り合わせるように動いてしまうと、レオナールの大きな手がドレスの上からエミリーの太腿《ふともも》をしっとりと上下に撫でた。

身体がビクンと大きく跳ね上がる。

「ン……っ……！」

子供扱いして、頭を撫でる時とはまるで違う。

熱がこもっていて、とても意味深な撫《な》で方だ。

レオナールはとろけてすっかり柔らかくなった小さな舌を甘噛みし、名残惜しそうにエミリーの柔らかな唇から自身の唇を離す。

「キスに応えてはくれないのか？」

「……っ……ご、ごめんなさい。初めてだから、どうしていいかわからなくて……」

キスの余韻が残る唇を指で押さえながら答えると、レオナールが切れ長の瞳を大きく見開く。

「初めて？」

「え？」

どうして驚いているのかしら……。

「ああ、いや、婚約を済ませている恋人なのに、キスもまだだったということに驚いた」

「あっ」

言われてみれば、確かに……！

熱く火照った身体が、一気に冷えていく。

エミリーが嘘を吐いていたと、わかってしまっただろうか。いや、むしろこんな嘘、ばれた方がいい。そもそも嘘だと告白するつもりだったのだ。

「あ、のね……ぁっ……」

勇気を出して本当のことを言おうとしたその時、レオナールの手がエミリーの豊かな胸を包み込んだ。

「では、こういったこともしていないと言うことか?」

「え、えっと、あ、のっ……」

動揺のあまり、エミリーは言葉を出すことができない。

しかしレオナールはただでさえ赤かったエミリーの顔が更に赤くなったのを見て、答えを察したようだった。

「キスを飛ばして抱いていたとしたらそれはそれで驚くが、そうか。俺はお前に指一本触れていなかったということか」

「あ、あのね……わ、たし……私ね……」

早く、早く言わなくちゃ……。

胸を包み込んでいる愛しい人の手を意識して気を取られながらも、エミリーは必死に勇気を奮い立たせようとする。

「記憶を失う前の俺は、相当な腰抜けだったようだな」

「え、どうして？　レオナールお兄様は腰抜けなんかじゃ……」

「いいや、腰抜けだ。こんなにも魅力的な恋人に指一本触れていないだなんて、腰抜け以外の何がある？」

魅力的？　私が？　子供じゃなくて、大人の女性として見てくれているということ？

レオナールから、ずっと大人扱いされてみたかった。

あまりに嬉しくて、嘘を吐いた罪悪感やレオナールに胸を触れられて戸惑う気持ちが一瞬吹き飛んで踊り出したくなる。

「それともお前が拒んだのか？　いくら婚約しているといえども、初夜まで純潔を守りたいという考えの女性もいるだろうからな」

何もかも忘れて踊り出したくなったのは、ほんの一瞬だけだった。

耳にちゅっとキスされると、身体がびくんと大きく跳ね上がると共に、変な声が出てしまう。

「あ……っ……」

くすぐったくて、ゾクゾクする。

「どうなんだ？」

エミリーはくすぐったさに身悶《みもだ》えしながら、ふるふると首を左右に振った。

「違……私は……」

――レオナールお兄様が欲しい。


本能が、強く叫ぶ。

駄目……駄目よ。ねぇ、エミリー……あなたはどこまで最低な女に成り下がれば気が済むの？

理性を奮い立たせ、エミリーは必死に本能を押さえ付けようとする。しかし胸元を飾っていたリボンを解かれると、頭が真っ白になった。

「あっ……ま、待って……」

深くできている胸の谷間が露《あら》わになり、エミリーは咄嗟に両手を交差させて隠す。

「待てない」

レオナールは無防備な背中に手を伸ばし、ボタンを外していく。

駄目……！

このまま身を任せていてはいけない。何も知らない彼を騙すなんてとんでもないことだ。

早く言わなくては……早く、早く――。

「レ、レオナールお兄様……わ、私……あのっ」

「嫌か？」

熱のこもった切なく低い声が鼓膜を、心を震わせる。

心の中で、理性が粉々に砕け散った音が聞こえた。

駄目だと思っても、止められない。

いつだってレオナールに女性として見てもらいたかった。彼の気持ちが欲しい。彼の唇も、指先も――彼の全てが欲しい。

エミリーはふるふると首を左右に振り、交差していた手を胸から離し、その手をレオナールの背中に回して強く抱き付いた。

今までの気持ちを爆発させるように、きつく、強く――。

レオナールの香りを肺いっぱいに吸い込むと、今まで心にぽっかり空いていた穴が塞がって、同時に広がっていくのを感じる。

こんな手段で彼を手に入れるなんて、最低だ。でも……でも、止められない。

「もう腰抜けでいるのはおしまいだ」

ボタンを最後まで外されると、緩んだドレスがストンと腰まで落ちた。

ああ、レオナールお兄様の前で私、下着姿になってしまったわ……。

レオナールの指は、とうとう背中にあるコルセットの紐《ひも》を解き始める。

「……っ」

エミリーは彼の香りを感じながら、紐を解く音と自分の高鳴る心臓の音を黙って聞く。

コルセットを解く音なんて毎日聞いているのに、どうしてだろう。彼が解くのを聞いていると、とても淫らな音に感じる。

これからすることがわかっているから、だろうか。

コルセットの紐を全て緩め終えると、締め付けられていた胸元が緩むのがわかった。

このきつく苦しいコルセットを外すのは、いつもなら一日を終え、眠る前に入浴する時だ。

昨日までのエミリーはこれで今日一日が終わる。後は休むだけなのだと解放感でいっぱいになっていたけれど、今日は違う。

今日はまだ終わらない。これから始まるのだ。

レオナールの指の腹が背中をかすめるたびに、身体がびくびく跳ねてしまう。

「んっ……」

ああ、どんどん脱がされていくわ。

恥ずかしさのあまり震えてしまうと、優しく髪を撫でられた。

「怖いか?」

「ち、違うの。怖いんじゃなくて、裸……」

「裸?」

ああ、緊張しすぎて、言葉を上手く紡げない。

エミリーはこくりと頷き、レオナールの背中に回した手の指にギュッと力を込める。

「は、裸になるの、恥ずかしいの。……あの、服を着たままするのは駄目？」

「駄目ではないが……」

その言葉に、希望が生まれる。

男女が愛し合うことは必要最低限しか知らないけれど、彼が「駄目ではない」と言ってくれるということは、服を着ていたままでも可能なのだろう。

「じゃあっ！」

「でも、俺はお前の裸を見たい」

「み、見たい⁉」

レオナールお兄様が、私の裸を見たいって？　見たいって言ってくれた……⁉

「駄目か？」

エミリーは頬を染め、首を左右に振った。

「だ、い……じょうぶ、恥ずかしくても我慢する……」

レオナールは唇を綻ばせるとエミリーの耳にちゅ、ちゅ、とキスを落とし、エミリーの髪を撫で続ける。

「ん……痛っ……」

頭皮にちくんと痛みが走る。どうやら撫でられているうちにウィッグを留めているピンがずれたらしい。

そうだわ。私、ウィッグを付けたまま……。

「すまない。髪を引っ張ってしまったか？」

「違うの。ウィッグを留めているピンがずれてしまったみたい」

「ああ、そうだったのか。取った方がいいな。横になっては刺さってしまうかもしれない」

「ええ、そうするわ」

レオナールの背中に回している手を解き、ピンに手を伸ばす。すると緩んだコルセットから豊かな胸がポロリと零れた。

「きゃあっ……！」

レオナールの眼前に無防備な胸の全てが露わとなり、エミリーは咄嗟に両手を交差させて隠す。しかし豊かな胸は小さな手では隠すことができず、指と指の間のあちこちからむっちりとはみ出ていた。辛うじて隠せているのは、淡いピンク色をした先端だけだ。

恥ずかしいのは我慢すると言ったけれど、これは違う。こんな間抜けな形で見られるなんて思ってなかった。

うう、別の意味で恥ずかしいわ……っ！

エミリーが真っ赤な顔で涙ぐんでいると、レオナールはククッと笑う。

「も、もう、笑うなんて酷《ひど》い……」

「すまない。お前があまりに可愛いものだから……」

レオナールは胸を隠している細い両手首を掴み、左右に開かせた。豊かな胸がぷるりと零れ、再び彼の眼前に晒《さら》される。

「あっ……や、やだ。見ないで……」

「恥ずかしくても我慢するのだろう？」

「う……ぅ……そう、だけど……」

「ウィッグは取らないのか？」

「と、る……けど……でも、胸、このままで？」

「我慢するのだろう？」

確かに、そう言ったわ。でも、でもでも──……！

尋ねられているけれど、拒否権はないと感じた。

レオナールに手首を離してもらったエミリーは、恥ずかしいのを我慢して再びウィッグを外す作業に入る。

恥ずかしさのあまり指が震えて、上手くピンを外せない。少しでも手を動かすと、胸が上下にぷるぷる揺れてしまってなおのこと恥ずかしい。

エミリーが羞恥で震えながら苦戦している間、レオナールの視線はずっと揺れる胸にある。

彼の視線を感じると白い胸が顔と同じように赤く染まっていく。

は、恥ずかしいわ。そもそも恥ずかしいのを我慢するのって、どうしたらいいのかしら……。

見られているとわからなければ、今よりは恥ずかしくなくなるだろうか。ならば視界を遮ってはどうかと、目を瞑ってみる。

あ……少しだけ、ましになったかしら？

恥ずかしさが和らいだ隙に早くピンを外してしまおうと懸命に手を動かしていると、温かい何かに両胸を包み込まれるのがわかった。

「ひゃっ⁉」

刺激に驚いて目を開くと、レオナールの大きな手が胸を包み込んでいた。

「すまない。あまりに美味しそうに揺らすものだから、待ちきれなくなった。気にせずに外していていい」

レオナールの指が、胸の感触を楽しむように動き出す。指が食い込むたびに胸の肉がふにゅっと形を変えて、エミリーに淫らな刺激を与える。

「柔らかくて、とてもいい胸だ」

「あっ……やんっ……んっ……レオナールお兄様、く、くすぐったぃ……」

「手が止まっているぞ？」

「だ、だってっ……ぁんっ……」

彼に揉《も》まれているうちに、淡いピンク色の尖《とが》りが少しずつ濃い色になっていって、同時にぷくりと膨れていく。

淫らな刺激に耐えながら最後のピンを取ると、レオナールの指の腹がすっかり尖りきった胸の先端を撫で、エミリーは大きな嬌声《きょうせい》と共に身体をビクンと跳ね上がらせる。

ピンの押さえがなくなったウィッグはその刺激で頭から落ちて、地毛のブロンドがさらりと肩を滑った。

「ああ、綺麗なブロンドだな。それがお前の本当の髪か。……ところで、なぜウィッグなんて被っていたんだ？　そのままでいいだろう」

「それは……」

コレットさんと、同じ髪色だから――。

初めての愛撫《あいぶ》に翻弄されて火照っていた身体が、罪悪感と嫉妬で少し冷えていくのを感じる。

「それは？」

なんて言えば――ああ、そうだ。ポーラとエメが言っていたように、今の流行りだと言えばいい。

しかし尖った先端を指の腹でくりくり転がされると、頭が真っ白になって本音が飛び出した。

「ひうっ！　レオナールお兄様の好きな髪色、なんじゃないかって思って……」

「俺の？」

「あっ」

い、言っちゃった……！

「な、なんでもないわ。今のは忘れて……」

彼の口から直接「ブルネットが好き」なんて言われたら、また泣いてしまいそうだ。お願いだから何も言わないでほしい。

「ブルネットは特に好みじゃない」

「へ？」

一瞬喜んでしまいそうになるけれど、すぐに冷静に戻った。

「ううん、それは、記憶がないからよ」

好きな人の髪色だ。好きじゃないわけがない。

「例え記憶をなくしていたとしても、好みというものは変わらないんじゃないか？　俺はエミリーの髪色が好きだ。太陽みたいにキラキラしていて、真夜中でもお前がいるだけで明るく感じる。とても華やかで、心の中まで照らしてくれているみたいだ」

レオナールはエミリーの胸を揉みながら、空いている方の手で髪を一房取り、ちゅっとキスを落とす。

ああ、どうしよう……。

嬉しくてさっきとは別の意味で涙が出そうになる。心臓が今までにないほど激しく脈打っていて、息があがってしまう。

「……っ……ン……レオナールお兄様、あまり……強く揉まないで……」

「すまない。痛かったか？」

「痛く、ない……けど、ドキドキしすぎて、破裂しちゃいそうなの……」

レオナールはアメジスト色の瞳を細めると、口元を柔らかく綻ばせた。

「本当だ。すごい音だな」

「レオナールお兄様にも、わかる？」

「ああ、手の平に伝わってきている。破裂しないように、なるべく優しく触ってやらないとな」

彼は小鳥を可愛がるような力具合で、エミリーの胸を撫で始めた。

「んっ……ぁっ……はん……っ」

尖りきった胸の先端が手の平に擦れて、じれったい刺激が全身へ広がっていく。

どうしよう。強くしないでほしいとお願いしたのは自分なのに、心臓が壊れてもいいからもっと強くしてほしいとさっきとは矛盾した願いを抱いてしまう。

こうして刺激を受けていくうちにさっきから熱いお腹の奥がますます熱くなって、花びらの中に隠れている蕾の疼きが強くなっていくのがわかる。

こんな感覚、生まれて初めてだ。

レオナールは未知の感覚に翻弄されているエミリーの表情を眺めながら、手の平にこねくり回されて硬くなった先端に指の腹を宛がい、くりくりと転がした。

「ひゃぅっ……あ、んんっ……ぁ……ぁあんっ……」

自分の声だなんて信じられないほど、甘くいやらしい声が次々と溢《あふ》れ出《だ》す。恥ずかしくて咄嗟に両手で唇を押さえてみるものの、わずかな隙間から零《こぼ》れ落《お》ちてしまう。

レオナールは唇を押さえるエミリーの手にちゅっと口付ける。

「エミリー、手を退《ど》けて声を聞かせてくれ」

「ん……っ……で、でも……恥ずかしっ……」

「我慢してくれると言っただろう?」

恐る恐る手を退けるとレオナールがまた胸の先端を捏《こ》ねくり回《まわ》すものだから、また甘い声が零《こぼ》れてしまう。

「ぁっ……んっ……あっ……んっ……んんっ……!」

恥ずかしい。

でも、この声を出させているのはレオナールの愛撫だ。愛する彼に愛撫されているから出ている声だと思うと——またお腹の奥が熱くなっていく。

刺激を受けるたびに身体から力が抜けて、エミリーはとうとう座っていられなくなってしまう。

「ぁっ……」

背中から倒れると、さっきまでレオナールが横になっていた柔らかなベッドが受け止めてくれる。

白く張りのある胸は仰向《あおむ》けになっても垂れることなくふっくらとした形を保っていて、エミリーの激しい呼吸と共に上下に動いていた。

その扇情的な光景に吸い寄せられるように、レオナールが覆《おお》い被《かぶ》さってくる。彼は右胸を付け根から持ち上げると、唇でチュッと触れた。

「ぁんっ……！」

わずかに触れられただけなのに、エミリーの身体は大げさなぐらいビクンと跳ね上がってしまう。

ま、また、大きな声が出ちゃったわ……。

エミリーはそれが恥ずかしくて堪《たま》らないのに、レオナールは頬を真っ赤に染めて恥じらうエミリーを満足そうに眺めている。

「こんなに小さいのに、感じやすくて可愛い乳首だな」

「小さい、と……変なの？　感じやすいって、それはいいこと？　悪いこと？」

触れられるたびに声が出てしまうこと、乳首が小さいこと、感じやすいこと――何もかも間違えているのではないかと不安で仕方がない。

「悪いことなどではない。いいことだ」

「本当に？」

「ああ、本当だ」

男女が愛し合うことについて、『女性は必要最低限の知識だけを身に付けていればいい。詳しく知ろうとするのはとてもはしたないことなのだから、女性はただ夫となる男性に身を任せなさい』と聞いていた。

信じて詳しい知識を身に付けないようにしていたが、いざ彼にこうして愛してもらえるとなるともっと詳しく勉強しておけばよかったと後悔する。

知っていたら不安が少しは和らいだかもしれないし、おかしな行動を我慢することができたかもしれない。彼が可愛いと思ってくれるような仕草を取れたかもしれないのに……。

「あの、少しでも変と思ったら教えてね？　絶対よ？」

「無理だ」

「えっ！　ど、どうして？」

不安のあまり聞いてしまったけれど、もしかしたらこうして尋ねるのは、はしたないことだったのだろうか。

それともあまりに変なところがありすぎて、いちいち伝えていたら先に進まない……という可能性もある。

い、言わなければよかったわ……。

動揺したエミリーが涙目になると、レオナールが眦に溜《た》まって今にも零れそうな涙を指の腹で拭ってくれる。

「どうしてと言われても……」

「……っ……ごめんなさい。やっぱり今のは聞かなかったことにし……」

「お前に変なところがあるわけないだろう。一つもないのだから、教えられない。代わりに可愛いところを教えるというのはどうだ？　可愛いところならたくさんあるからいくらでも教えてやれる」

悲しい答えを覚悟していたエミリーは、予想外の答えを聞いて心臓を大きく跳ね上がらせた。

「俺の愛撫に頬を染めるところが可愛い。喘《あえ》ぎ声も可愛い。喘ぐ時に唇から見える小さな舌も可愛い。今キスしたばかりなのに、またキスしたくなる。それから……」

「まま……待って、レオナールお兄様、もう、言わないで……」

こうしていることも恥ずかしいのに、淫らな自分の変化を観察されて、なおかつ口に出されるなんてもっと恥ずかしくなる。

「それから小さくて感じやすい乳首が、可愛らしくて堪らない」

「い、言わないでって言ってるのに……っ」

レオナールは味見するようにぷっくりと膨れた胸の先端をペロリと舐めると、根本からパクリと咥えた。

「ひぁっ……！　んんっ……あっ……ひぅっ……」

長い舌が別の生き物のように動いて、胸の先端にねっとりと絡み付く。

舌を擦り付けられるたびにただでさえもう今までにないくらい硬くなっているそこが、もっと硬くなっていくのを感じる。

レオナールにもそれが伝わっているのか、「硬くなっている」と指摘するように舌先で硬くなった先端を何度も弾《はじ》いてくる。

舌と唇から与えられる快感に翻弄されていると、左胸をレオナールの大きな手が包み込んだ。彼は指と指の間に胸の先端を挟むと、上下に揺さぶるように揉んでくる。

「ぁんっ！　んっ……あぁんっ……ふっ……ぁ……っ……んっ……んんっ……ぁっ……んっ……ぁっ……ぁっ……」

揺さぶられるたびに挟まれた先端が擦れて、甘い刺激を生んでいた。

心臓が壊れてもいいから、もっと強くしてほしい――。

そんな願いを抱いたことが伝わったのか、左胸を揉む彼の手の力は徐々に強くなっていく。

まさかここが、こんなにも敏感だなんて思わなかった。

入浴する時に柔らかいスポンジでここを洗っても、ボディクリームを付けても、コルセットで押さえ付けても、こんな風に気持ちよくなることなんて一度もなかった。

自分で触れた時も、入浴や肌の手入れを手伝ってくれるメイドに触れられた時も、どんな時も一度もない。

もしかしたら、好きな人に触れられた時だけ、気持ちよくなるようになっているのだろうか。口を窄《すぼ》めてチュッと吸われると、腰がどうにかなってしまったのではないかと思うほどガクガク震えた。

「あ！　ん……っ……ぁっ……やんっ……はんっ……んっ……ぁっ……」

あまりにも強い刺激をどう受け止めていいかわからなくて、エミリーは首を左右に振りながら、レオナールのシャツをぎゅっと掴《つか》む。

柔らかい唇や舌、巧みな動きをする指が、甘い愛撫で敏感になった胸の先端に容赦なく快感を与えていく。

「レオナールお兄様っ……んっ……ぁっ……んっ……だめっ……変になっちゃっ……ぁっ……んんっ……ぁっ……ぁんっ！」

「困ったな。お前の乳首も味わいたいし、お前の可愛いところも言いたい。口が二つあればいいんだが……いや、それは少し不気味だな」

真面目な顔で呟《つぶや》くものだから、エミリーは思わず笑ってしまう。

「うふふ、レオナールお兄様ったら……あっ……」

レオナールは腰に引っかかっていたエミリーのドレスとコルセットを取り払い、ドレスを膨らませていたパニエを脱がせた。

エミリーが身に着けているものは秘部を隠すシルクの下着と、太腿までの長さがある絹のストッキングと、それがずり下がってこないようにしていたガータベルトだけだ。

レオナールの指が、下着の紐を抓《つま》む。

「あっ！　ま、待って……解《ほど》いたら、脱げちゃうわ」

「ああ、脱がそうとしているからな」

「で、でも、恥ずかしいところが見えちゃう……」

「見たい」

見たい？　私の恥ずかしいところをレオナールお兄様が？

エミリーは解かれないようにと下着の紐を掴む彼の手に自分の手を重ねていたが、すぐに引っ込めた。

嬉《うれ》しい……。

恥ずかしくても、彼が望むのなら、どんな場所だって見てほしい。

記憶を失わなければ、エミリーの吐いた最低の嘘を信じなければ、レオナールが彼女の秘部を見たいなどと言い出すことはなかっただろう。

恋焦がれていたレオナールが、自分に欲望を見せてくれるのが嬉しい。でもそれと同時に、愛する彼を騙しているという罪悪感が胸を締めつける。

でも、もう止められない。

どんなに罪悪感を覚えても、愛しい人に触れられるというのは想像していた以上に甘美で、触れられるたびに本能が大きくなり、粉々になった理性を跡形もなく溶かす。

「あっ……」

下着を脱がされると、まだ男を知らない純粋な秘部が露《あら》わになった。髪色と同じ茂みが生えているがとても薄く、割れ目が見えている。

「こっちも綺麗なブロンドだな」

そこを褒められても、どう反応していいかわからない。

誰かから髪色を褒められた時は「ありがとう」とお礼を言うけれど、ここを褒められた時はお礼を言うものなのだろうか。

エミリーはお礼を言うか、言わないかで悩み、真っ赤な顔で口を開いては閉じることを繰り返す。するとレオナールはクククッと笑って、柔らかな恥毛の上で指をくるくると動かした。

「んんっ……レオナールお兄様……や……そこ、くすぐったい、の……」

くすぐったさに身悶えしていると、恥毛をくすぐっていた指先が花びらの中へと進んだ。

「ひぅっ……」

花びらに指が入り込んだ瞬間、クチュッと粘着質な水音が聞こえた。

「ああ、大洪水だ」

レオナールからの愛撫を受けるたびにそこが激しく疼いていることには気付いていたが、濡《ぬ》れていることに気付く余裕まではなかった。

「う、嘘……どうして……や、やだ……」

ほとんど知識がないエミリーは、粗相《そそう》してしまったのではないかと涙目になる。

「安心していい。粗相ではない。これはお前が俺に感じてくれた証だ。こんなに濡れてくれて嬉しい」

「そう、なの？　ぁんっ……！」

レオナールの指が花びらの間を往復すると、淫らな水音が聞こえてくる。指の腹がさっきから疼いている蕾に指の腹が当たると、胸の先端以上の刺激が走った。

「んっ……ぁ……」

な、何……？

「ほら、聞こえるか？」

往復するたびに敏感な蕾に擦れて、エミリーは未知の刺激にビクビク身悶えを繰り返しながら頷く。

「ぁ……んっ……き、聞こえて……っ……や……っ……音、そんなに立てないで……ぁんっ！」

レオナールは花びらから指を引き抜くと、その指をエミリーの前に持ってきた。

彼の無骨な指は、ねっとりとした蜜でたっぷりと濡れている。まるでなみなみと満たされたハニーポットに、指を突っ込んだみたいだ。

濡れるのは、私がレオナールお兄様に感じた証《あかし》……。

「んっ……とっても気持ちよかったから、私のここ、こんなにたくさん濡れたのね……深いキスや胸を弄《いじ》られるのがこんなに気持ちいいなんて知らなかったわ……」

甘い刺激を受け続けて頭がぼんやりしていたエミリーは、心の中で考えたつもりが実際にぺらぺらと喋《しゃべ》っていた。

「そうか。すごく気持ちよかったのか」

「……えっ？　どうして、それ……あれ？　私、まさか、声に出してた？」

普通に言葉にしていたと告げられ、エミリーはようやく自分が声に出していたことに気付く。

な、なんて、淫らな発言を聞かれちゃったの……！

「う、嘘っ……いやぁっ！」

あまりにも恥ずかしくて、穴でもあったら入りたい心境だ。

けれど穴なんてあるはずがない。エミリーは手近にあったクッションを掴んで、自分の顔に押し当てる。

はしたない子だと思われただろうか。呆《あき》れられて、嫌われただろうか。

「お願い。今の、聞かなかったことにして……」

もう聞かれてしまったのだからこんなお願いをしても無駄だとはわかっているけれど、懇願せずにはいられない。

「なぜだ？」

「だって……はしたないわ。レオナールお兄様に、軽蔑されちゃう……」

クッションを顔に押し当てたまま答えているせいで、とてもくぐもった声になった。しかしレオナールの耳にはちゃんと届いていたらしい。

「はしたなくなどないし、軽蔑などするはずがない。気持ちよくなったと教えてくれて嬉しいし、これからも聞きたい」

「そう、なの？」

「ああ、そうだ」

恐る恐る顔を覆っていたクッションを退けると、優しく微笑《ほほえ》むレオナールと目が合う。その表情からは彼が呆れてもいないし、嫌悪も抱いていないことが伝わってくる。

エミリーが安堵《あんど》しているとレオナールは再び花びらの間に指を潜り込ませ、そこに隠れている敏感な蕾を探し当て、指の腹を宛がった。

「ぁっ……！」

少し触れられただけなのに身体の力が抜けて、頭が真っ白になりそうなほどの刺激が走る。

「んっ……や、ぁっ……レオナールお兄……様っ……そこ、触れられると……変なの……ち、力抜けちゃ……ぅ……」

「ああ、ここはとても敏感な場所だからな。深いキスや胸以上に、ここを弄られるのも気持ちよくなれるはずだ」

指を上下に動かされると、激しい快感の波がエミリーに襲い掛かってきた。

あまりにも強い快感で頭が真っ白になってしまい、自分が自分ではなくなってしまいそうな感覚に陥る。

レオナールが教えてくれたように、唇や胸を触られる以上の快感を感じる。

「んんっ……ぁっ……そ、そこ……っ……んっ……や……な、何……？　ぁんっ……ひぅっ……んんっ……！」

頭がおかしくなりそうなほどの快感が襲いかかってきて、エミリーは甘い嬌声を上げながら指の動きと一緒に身体をビクビクと跳ね上がらせた
「ここを弄られるのはどうだ？」

先ほどは、はしたないと思わない。軽蔑などしないと言ってくれたけれど、いざとなるとやっぱり不安になるし、やっぱり恥ずかしい。

「や……そんなの、言えな……」

首を左右に振って拒否すると、蕾に宛がわれたレオナールの指は動きが動きを止める。

「ぁ……」

指を止めないでほしい。さっきみたいに動かしてほしいとおねだりするように、そこが激しく疼く。

「教えてくれないのか?」

「だ、だって、恥ずかしくて……」

エミリーが恥じらって何も言えずにいるとレオナールがほんの少しだけ指を動かす。

「ひぁんっ……!」

「言わないのなら、ずっとこうしてここばかりを弄っていようか」

「そ、そんな……」

レオナールお兄様が、聞きたいって言ってくれてる。言わなくちゃ、恥ずかしくても言わなくちゃ……。

それにこんなところをずっと触れられていたら、頭がおかしくなってしまう。

「いいのか?」

「……やっ……教える……教える、わ……あのね、そこ……触ってもらうと……すごく、気持ちいいの……こんなの、生まれて初めてなの……」

エミリーは熱くなった頬を両手で包み込み、息を乱しながら小さな声で答えた。

ああ、私、なんて淫らなことをレオナールお兄様に言っているのかしら……。

本当にはしたないと思われていないか、軽蔑されていないか不安になっていると、エミリーの耳元に唇を寄せていたレオナールが顔を上げた。

彼は満足そうに口元を綻ばせていて、軽蔑しているようには見えない。

エミリーがホッと安堵していると、宛がわれたまま止まっていた彼の指がまた上下に動き出した。

「ひぁっ……ぁんっ……！　ぁっ……ぁんぅう……っ」

ただでさえ神経が剝《む》き出《だ》しになっているのではないかと思うぐらい敏感な場所なのに、指で刺激されるたびにもっと敏感になっていくみたいだ。

上下の動きの他にクルクル円を描くような動きも加えられると、あまりの気持ちのよさに涙が滲《にじ》む。

指が動くたびに溢《あふ》れた淫らな蜜がグチュグチュ搔《か》き混《ま》ぜられる音が聞こえて、それがエミリーの興奮をなおのこと煽《あお》っていた。

「エミリー、気持ちがいいか？」

「んっ……気持ち……ぃっ……レオナールお兄様……の指、気持ちぃ……ぃの……っ……」

こんなにもすごい快感を与えられ続けていたら、おかしくなりそうだ。自分が自分じゃなくなってしまいそうな——不思議な感覚。

おかしくなった自分を愛しい人に見られるのは嫌だ。きっと変になってしまう。

レオナールの前ではいつだって可愛いと思ってもらえるような姿でいることを目指したいのに、変な姿を見せるのは嫌だ。

でも、やめてほしくない——……。

せめて顔を隠せたら、と先ほどまで顔を隠していたクッションに手を伸ばそうとしたその時、足元からじわじわと何かがせり上がってきているのに気付く。

な、何……？

そのせり上がってくる感覚がとても気持ちがよくて、どんどん上がってくるごとに快感が強まり、頭が真っ白になって身体に力が入らなくなってくる。

クッションに伸ばそうとした手や、レオナールのシャツを掴んでいた手からも力が抜けて、シーツや胸の上に落っこちた。

「レオナールお兄様、へん……なの……」

「変？」

「な、何か……来ちゃっ……ぁんっ……何か、わからないけど……来てる……のっ……わ、私、変になって……しまう、かも……っ」

こんな曖昧な表現で身体の変化を訴えても、伝わるわけがない。

でも快感でとろけてまともに動かない頭では、襲い掛かってくる未知の感覚をわかりやすく説明できそうになんてなかった。

「ああ、そうか」

しかしその曖昧な表現は、意外にもしっかりと伝わったらしい。レオナールは優しく微笑むと、敏感な蕾を弄る指の動きを激しくしていく。

「ふぁっ……!?　あっ……は、激しく、されたら……ぁんっ……！　あっ……あっ……はぅっ……んっ……！　だ、だめ……レオナールお兄様、変にっ……」

「大丈夫だ。何も心配しなくていい」

心配しなくていいの？　変になってしまうのに？

でも、レオナールが教えてくれることが、間違っているとは思えない。

信じたいと思う気持ちがあるのに不安を抱いていると、レオナールは敏感な蕾に宛がった指を動かしながら、もう一方の手で胸を揉みしだき始める。

「ぁっ……！　や、んっ……！　ぁっ……あぁっ……！」

「大丈夫。お前は何も心配せず、ただ感じていればいい。そうすれば、もっと気持ちよくしてやれる」

「も、っと……？」

「ああ、もっとだ」

こんなに気持ちいいのに、もっと気持ちよくなれるの？

気持ちよくなりたい。レオナールお兄様の指で、もっと、もっと――。

「――……っ……ぁ、あぁ……！」

彼の愛撫を受け入れ続けていると、やがて足元を彷徨《さまよ》っていた何かが一気にエミリーの身体の中を駆け上がり、頭の天辺《てっぺん》まで貫いた。

その瞬間、エミリーは快感の波に呑み込まれ、大きな嬌声を上げる。

な、に……？

あまりに強い快感に、呼吸すら忘れてしまう。身体中の骨が溶けてしまったみたいに、指一本動かすことができない。

「ほら、気持ちよくなれただろう？」

レオナールに話しかけられたことでようやく呼吸を思いだし、エミリーは快感の余韻に震えながら深呼吸を何度か繰り返し、わずかに頭を頷かせた。

「そうか。お前が気持ちよさそうだと、俺も嬉しい」

息を乱しながら小さく答えると、レオナールが満足そうに笑って、自らの指に付いた蜜をチュッと舐め取った。

「あ……や、やだ、そんなの、舐めないで……」

「嫌だ。勿体《もったい》ないだろう」

「そんなの、勿体ないわけ……あっ……！」

レオナールはエミリーの訴えを無視して、指に付いた蜜を全て舐め取った。

「もう、レオナールお兄様……っ！」

抗議の意味を込めて名前を呼ぶと、彼は意地悪な顔で笑って自らのシャツのボタンを外し始める。

一つ、二つ、外していくごとに、筋肉の付いた逞《たくま》しい胸板や腹筋が覗《のぞ》く。

ジッと見るなんてはしたないと思うものの、初めて見る愛《いと》おしい人の美しい身体から目が離せない。

レオナールがクスッと笑うのが聞こえて彼の顔に視線を移すと、アメジスト色の瞳とばっちり目が合った。

き、気付かれちゃった……！

「あっ……ご、ごめんなさ……っ……私、じろじろ見ちゃって……」

はしたないと思われてしまっただろうかと心配したが、レオナールの表情は穏やかなものだった。

「どこを好きなだけ見てもらっても構わない。俺も見せてもらっているし、もっと見せてもらう予定だからな」

するとレオナールの手がエミリーの膝に触れた。彼は両方の膝裏に手を入れると足を胸までゆっくりと左右に大きく広げていく。

「あっ……！　そ、そんなところまで……？」

「ああ、すごく見たい」

「でも、恥ずかし……ぁっ……！」

開かれないようにと足に力を入れてみようと試みるものの、思ったように力が入らない。足を大きく広げられると、熱い秘部にスゥッと冷たい空気を感じる。

「んぅ……っ」

絶頂に達してより敏感になった秘部はその刺激すら快感に代えてしまい、エミリーは小さく息を乱した。

花びらの間は甘い蜜で満たされていて、広げられると部屋の明かりを反射し、テラテラと淫《いん》猥《わい》に光っていた。

敏感な小さな蕾《つぼみ》は興奮でぷっくりと膨んでヒクヒク疼《うず》き、たっぷりの蜜で満たされた花びらの間はローズピンク色に染まっている。

「……っ……ン……」

な、なんて、恥ずかしいの……。

「雨に濡れた薔薇《ばら》みたいに綺麗だ」

「お、お願い、あんまり見ないで……」

自分でも見たことのない秘部に、愛しい人の視線が集中するというのは、今までで一番羞恥心を煽られた。

あまりに恥ずかしくて、自然とお尻がモジモジ動く。彼に見られていると意識したら、敏感な蕾や膣口がヒクヒク収縮を繰り返す。

「恥ずかしいのは、我慢するんだろう」

「……っ ……で、でも、そんなところを見ても、面白くも、楽しくもないでしょう？　だから……」

「いや、とても面白いし、楽しい」

予想外の答えが返ってきて、エミリーは目をパチパチと瞬かせた。

「えっ……ええ……!?」

「名匠が描いた絵画を鑑賞するよりも、楽しみにしていた小説を読むより、ずっと楽しい」

絵画や小説を見るよりもこんな恥ずかしいところを見る方が楽しいだなんてありえない。きっとからかっているのだろう。

こんなに恥ずかしいのに、からかうなんて意地悪だわ……！

「もう、からかうなんて酷い……！」

記憶喪失になったことを利用し、自分が恋人だと名乗る方がもっと酷いのに、恥ずかしさのあまり、そのことはつい棚に上げて責めてしまう。

「本心から言ったことだ。からかってなどいない」

レオナールは涙目で怒るエミリーを見て笑い、秘部に顔を近付ける。

こんな近くで見られるなんて……。

恥ずかしすぎて、頭がグラグラ茹《ゆだ》っているみたいに熱い。足と足の間にあるレオナールの顔から目を逸《そ》らし、ギュッと目を瞑《つぶ》っていると――

「エミリー、恥ずかしいのを我慢してくれたご褒美だ」

「え、ご褒美？　ひゃぅっ……!?」

先ほどまで指で弄られていた敏感な蕾に、ヌルリとした感触と強い快感が襲ってきた。

な、何？

と考えたのは、ほんの一瞬だけだった。この感触には覚えがある。先ほど胸の先端を愛撫してきた舌の刺激と同じだ。

そんなところを舐めるなんて――……！

「やぁ……レオナールお兄様、そんなとこ、舐めちゃ……っ……んっ……ぁっ……ひぁんっ……！」

ぷっくりと膨れた敏感な蕾をねっとりと舐められると、あまりにも強すぎる快感が襲ってくる。

舌が動くたびにくちゅ、くちゅちゅ、と淫らな音とエミリーの甘い嬌声が、深夜の静かな寝室に響く。

まるでとても美味しいキャンディを味わうように、レオナールの舌は敏感な粒をねっとりと舐め転がす。

とろけそうな刺激に翻弄されていると、唇で小刻みに揺さぶられ、エミリーは前兆すら感じる間もなく、一気に二度目の絶頂へ押し上げられた。

「あっ……や……ぁっ……あぁ――……っ！」

レオナールは顔を上げると唇に付いた蜜を舐め取りながら、ビクビクと絶頂に痺《しび》れるエミリーを恍惚《こうこつ》とした表情で見下ろし、激しく収縮する小さな膣口の形を指でなぞる。

「……っ……ン……」

「エミリー、このまま力を抜いていてくれ」

絶頂でとろけている今、力を入れてくれと言われる方が難しい。エミリーがわずかに頷くのを見届けると、レオナールは膣口をなぞっていた指をゆっくりと挿入していく。

「あっ……！」

ピリリとした痛みが走り、とろけていた身体が一気に強張《こわば》る。しかし溢れ返っている蜜が指にねっとりと絡み、潤滑油の代わりになって最奥まですんなりと進んだ。

「い、痛……っ……や……レオナールお兄様……」

「少しだけ我慢だ。我慢できたら、直《じき》によくなる」

「ン……ほ、本当……に？」

「ああ、嘘《うそ》じゃない。だから少し我慢だ。力は入れないようにな」

エミリーが恐る恐ると言った様子で頷くと、狭い膣道に入った指がゆっくりと抽挿を繰り返し始める。

「ひぁっ……ン……ぅっ……」

力を入れてはいけないとわかっていても、指をギュウギュウに締め付けてしまう。

「あ……あ……ご、めんなさ……力、入っちゃう……ン……っ……」

どう頑張っても力が入って困っていると、レオナールが唇を重ねてきた。

「……っ……んん……ふ……」

唇への刺激が加えられたことで膣口への意識がわずかに逸れたのか、中に入っているレオナールの指への締め付けが少し緩まる。

彼は唇を可愛がりながら、ゆっくりと抽挿を繰り返した。

「んんっ……んっ……んん……っ……ふ……んぅ……んんっ……」

レオナールは力が入りそうになると舌先をチュッと吸い、緩んだ隙を見て指を動かして、何も知らない初心《うぶ》な場所に自分の指を馴染《なじ》ませていく。

初めは痛みを感じていたけれど、何度も抽挿を繰り返されると痛みがだんだん和らいで、ほんのわずかではあるものの、彼の指が自分の中にあるということに興奮する余裕が出てきた。

レオナールにもそのことが伝わっているのか、膣口に二本目の指を宛がわれた。

「んぅ……っ！」

まさか、もう一本入れるつもりなの……!?

一本しか入れていない今でも苦しいのに、二本もなんて絶対無理だ。でも唇を重ねられているから、言葉で訴えることができない。

「んんっ……ふ……んんー……っ！」

首を左右に振って無理だと伝えるけれど、エミリーの訴えは空《むな》しく、二本目の指が挿入された。

「――……っ……！」

挿入された瞬間、鋭い痛みが走って身体が強張る。

舌を吸われて、力を入れてはいけないのだと思い出す。

力、抜かなくちゃ……レオナールお兄様と約束したんだもの……。

キスに集中して秘部から意識を逸らし、抽挿を繰り返されていくうち一本目の時と同様に、痛みが遠ざかっていく。

レオナールお兄様の指が、二本も私の中に入っているなんて……。

一本が限界だと思っていたのに、二本目も受け入れることができるなんて信じられない。一体どうなっているのだろう。

「痛むか？」

唇を離したレオナールが、心配そうにエミリーの顔を覗く。

「我慢できるけど、痛くて、あんまり、気持ちよくないの……さっきのは、すごく気持ちよかったのに……」

キスと秘部への愛撫で息も絶え絶えになりながら、エミリーは必死に訴える。

「初めてだと、最初からここで気持ちよくなるのは難しかったか……すまなかったな。だが、回数を重ねていけば、いつかきっとよくなってくるはずだ」

「そう、なの……？」

「ああ、それからまた、お前に謝らないといけないことがある」

「謝らないといけないこと……？　……ぁんっ！」

レオナールはエミリーの柔らかな髪を撫でながら、膣道に挿入していた指を引き抜く。

もしかして、やっぱり抱きたくなくなった……とか？

悪い想像が頭をよぎり、心臓が嫌な音を立てる。

「ああ、指で十分慣らしたつもりだが、俺のを入れたらかなり痛むはずだ。すまないな。だが、どんなにやめてほしいと泣いて懇願されても、やめられないぞ。覚悟してくれ」

最後まで抱いてもらえるのね……！

喜んでいるということを伝えたいのに、どう言葉にすればいいかわからない。

ぼんやりした頭をなんとか動かして言葉を探そうとするものの、レオナールの手が自身のベルトのバックルを外し、ズボンを脱いだことで思考が停止した。

ジッと見るのははしたないと思いながらも、シャツを脱いだ時と同様に目が離せない。下着を下ろすと、大きな欲望がブルンと飛び出した。

「……っ⁉」

飛び出た瞬間、心臓が大きく跳ね上がる。

それはとても不思議な形をしていて、想像していたよりもずっと大きかった。

目を丸くしたエミリーは瞬《まばた》きや呼吸を忘れて、食い入るように彼の欲望を見つめる。その視線に気付いたレオナールは少し気恥ずかしそうに苦笑いを浮かべると、エミリーのふっくらとした花びらの間に硬く反《そ》り立った欲望を上下に擦りつけ始めた。

「見るのは構わないが、怯《おび》えてもやめてやれないぞ?」

硬い膨らみが敏感な蕾に擦れると、痛みで引《ひ》き攣《つ》っていた身体が再び快感でとろけだす。

「あんっ……! んんっ……ち、違……怯えて、るわけじゃ……」

挿入されることより、途中で抱いてもらえなくなる方がエミリーにとってはずっと怖い。

身悶《みもだ》えしながら首を左右に振ると、レオナールが自身の欲望を小さな膣口に宛がった。

「あっ……!」

「入れるぞ」

ああ、とうとうレオナールお兄様に抱いてもらえる……。

もう、後戻りはできない。

粉々に砕け散った理性が、元通りになることはなかった。

エミリーが頷くのを見届けたレオナールは、宛がった欲望をゆっくりとエミリーの中に沈めていく。

「ひ……ぁっ……い、痛っ……」

わずかに入れられただけなのに、指を入れた時より遥《はる》かに大きな痛みがエミリーを襲う。

今まで生きてきた中で、こんな痛みは体験したことがない。

「十分慣らしても、やはり辛い思いをさせてしまうな。すまない……だが、耐えてくれ。ここでやめても、先に進もうとすれば、この痛みからは逃れられない」

あまりの痛みに、目の前がチカチカする。

硬い欲望が、痛みに震える膣道の中をゆっくりと……けれど、確実に奥へと進んでいく。

溢れた涙が頬を伝って、耳の裏や髪まで濡らす。

「……っ……ん……ぅ……っ……い、た……っ……ぅう……」

今まで感じたことがないくらい激しい痛み——でも、女性は皆この痛みを乗り越えていると聞いた。

その情報を知らなければ恐怖心を抱いたかもしれないが、皆が耐えていると思うと不思議と自分も乗り越えられそうな気がするし、何よりもどんなに痛くてもレオナールに抱いてほしいという気持ちが強い。

「もう少しだ」

「ん……っ」

レオナールはゆっくりと自身を奥へ進めながら、しゃくりあげながら痛みに耐えるエミリーの髪を撫でる。

「エミリーは頑張り屋だな。力まないように、もう少し頑張ってくれ」

浅くなっていた呼吸を深くするように言われ、痛みに震えながらも深呼吸を繰り返していると強張っていた身体の力が少しだけ緩む。レオナールはその隙を狙って一気に腰を押し付け、狭く小さな膣道の最奥まで己で満たした。

「――……っきゃぁあ……！」

メリリッと何かが破けたような音が聞こえて、今までで一番の強い痛みに瞼《まぶた》の裏が真っ赤に染まった。

「エミリー……よく頑張ったな。全部入ったぞ」

あんなにも大きいものが、自分の中に入っているだなんて信じられない。

とても痛いし、お腹《なか》がはち切れそうなくらい苦しい。全く気持ちよくない。辛いだけだ。でも、心の中は高揚感で満《み》ち溢《あふ》れていた。

――ずっと、ずっと欲しかったレオナールお兄様……ようやく、手に入れた。

「エミリー、もう少し頑張れるか？」

「も、もう、少し？　これで終わりではないの……？」

「ああ、先ほどの指みたいに中で動かして、子種を放つまでは終わらない」

「う、動か……す……」

鋭い痛みがようやく鈍痛へ変わったのに、動かされたらまた激しく痛むに違いない。

まだ痛むなんて……。

愛しい人と繋がれたのは嬉しい。しかし、痛みを想像するだけで、目の前が真っ暗になる。

エミリーが思わず身構えてしまっていると、レオナールが汗ばんで額に張り付いた前髪を払ってキスを落とす。

「俺ばかり気持ちよくなってしまってすまないな……」

「気持ちい、い？　レオナールお兄様、気持ちいいの？」

「ああ、お前の中がすごく良くて、気持ちがいい」

エミリーは辛いのに、自分は動いて、子種を放つ際にとても気持ちよくなるので申し訳ないと言われ、嬉しくて胸が震えた。

「……そ、れって……さっきの私と同じくらい、気持ち……い？」

「そうだな。同じくらい気持ちいい」

痛いけれど、彼が気持ちよくなってくれるなら嬉しい。しかも自分の身体で気持ちよくなってくれるなんてもっと嬉しい。

「レオナールお兄様、動いて……わた、し……が痛いとか気にしないで、レオナールお兄様が気持ちよくなれるように、動いて……」

「ありがとう。できるだけ早く終わらせるから、少しだけ耐えてくれ」

　エミリーはわずかに首を左右に振って、力の入らない手をレオナールの背中に回す。

「そ……じゃなくて、いいの。早く、とか、私のこと、気にしないで……いいの。レオナールお兄様が気持ちよくなってくれたら、嬉しい……から、平気……だから……ン……っ!」

　痛みに耐えながら必死に言葉を紡いでいると、レオナールがその唇を荒々しく奪う。彼を受け入れている膣道が勝手に動いて、彼の欲望をギュッと締め付ける。

「あまり可愛いことを言うな。必死に理性で抑えているのに、そんなことを言われたら歯止めが利かなくなる」

　ぜひ、そうしてほしい。

　エミリーがそう言おうとした時、レオナールが腰を使い始めた。下腹部にまた激しい痛みが走り、エミリーは言えなくなってしまう。

　破瓜《はか》の血が混じった蜜が欲望で掻《か》き出《だ》されて、白いシーツを赤く染めていく。

「ひっ……んんっ……ぁんっ……あっ……んぅ……っ……痛っ……んっ……」

　抽挿を繰り返されるたびに中に焼けそうな痛みが走って、奥に当たるたびに恥骨が軋《きし》む。

「う……ぅっ……ひんっ……お、に……さまっ……好きに動い……て……っ……レオナールおに……っ……さまの……好きにっ……んっ……はぅっ……」

　経験はなくても、彼の動きが遠慮がちで必要最低限にしてくれているということがわかる。

　気持ちよくなれるのなら、どんなに痛かったとしても好きに動いてほしい。

「あんまり煽るな。お前を痛めつけて好き勝手になどできない。……だが、今日我慢する代わりに、お前が痛みを感じなくなった時には遠慮なく動かせてもらうし、一度や二度で終わらせるつもりはない。覚悟しておくんだな」

「……っ……ン……また……私のこと、抱く、の……？」

こんな私のことを、また抱いてくれるの？

「ああ、そうだ。俺達は将来を誓い合った恋人なのだから、愛し合っても当然だろう？」

罪悪感で、胸の奥がズキンと痛む。

――でも、引き返せない。

何も言えずにいると、レオナールが唇を甘噛みしてくる。

「嫌だと言っても、やめてやれないぞ。覚悟しておけ」

「ん……っ……い、言わな……っ……ぁんっ！」

レオナールの動きが激しくなって、エミリーの言葉は全て喘ぎに代わってしまう。

愛しい人に抱いてもらえるのだ。嫌なんて言うはずがない。嫌になるのはエミリーではなくて、いつか記憶を取り戻したレオナールの方だ。

やがてレオナールは絶頂を迎え、エミリーの中に精を放った。

「んっ……ぁっ……はぅ……」

中で彼の欲望がドクドクと脈打ち、熱いものでたっぷりと満たされていくのがわかる。

卑怯《ひきょう》な手ではあるが愛しい人を手に入れられたという満足感と、記憶を失っている愛しい人を騙して自分のものにしたという罪悪感で胸がいっぱいだ。

欲望を引き抜かれると痛みから解放されて安堵したのか、昼間あんなに寝たのにも関わらず、膣道に鈍痛を感じながら乱れた呼吸を整えているうちに瞼が重くなってきて、少しだけ目を瞑ったが最後、眠りに落ちてしまったのだった。

◆◇◆

焼き立てのパンのいい香りに誘われ、エミリーは重たい瞼をこじ開けた。

「ん……」

もう、朝？　一体いつの間に眠っていたのかしら……。

目を擦りながら上半身を起こすと、ブランケットがはらりと落ちた。

「え？」

エミリーの視界に飛び込んできたのは、何も身に着けていない生まれたままの自分の姿だった。慌てて落ちたブランケットを胸元まで持っていくと下腹部に鈍い痛みが走って、寝起きでぼんやりした頭が一気に鮮明になって昨夜のことを思い出す。

そ、そうだわ。私、昨日、記憶をなくしたレオナールお兄様を騙して……。

「エミリー、起きたのか？」

　ガウンに身を包んだレオナールが、寝室の扉を開いた。扉が開くと、パンのいい香りがより強くなる。

「あ……レオナールお兄様……あの、私……」

「おはよう。身体は大丈夫か？」

　レオナールがガウンを持ってきてくれて、肩にかけてくれた。

「え、ええ、それよりも、レオナールお兄様、ぶつけた頭は大丈夫？　記憶は……」

「ああ、痛みはない。記憶は戻ってないけれど、大丈夫だ」

　記憶がなければ、エミリーはまだ、レオナールの恋人でいられる。

　──なんてことを考えているの……！

　安堵する自分があまりにも酷過ぎて、自分勝手で、嫌悪感で胸が苦しくなる。

　このままでいいはずがないわ。

「レオナールお兄様、お医者様に診《み》ていただきましょう……！」

「いや、大丈夫だ。……その、お前が眠っている間に、診てもらってきた」

「えっ⁉　そうだったの？　ごめんなさい。私、全然気付かずに眠っていて……お医者様はなんて？」

「……頭をぶつけた衝撃で、一時的に記憶を思い出せないだけだそうだ。放っておけばそのうち思い出すらしいから、気にしなくていい」

「そう、なの……」

じゃあ、まだレオナールお兄様と恋人でいられるのね……。

彼の無事を喜ぶのと同時に、まだ記憶を取り戻さないことを喜んでしまい、また自己嫌悪に陥る。

「それよりも頼んでおいた朝食がちょうど来たところだ。一緒に食べよう」

「え、ええ……」

ガウンを羽織ってリビングに行くと、テーブルに出来立ての朝食が用意されていた。

焼き立てのクロワッサン、チーズをたっぷり使ったオムレツ、少し焦げ目が付くまで焼いてあるウインナー、新鮮なオレンジを使ったフルーツサラダとヨーグルト。

どれも城のシェフが作ったのと同じくらいとても美味しそうだし、昨日は結局夕食を取らずに終えてしまったのでとても空腹のはずだけれど、罪悪感であまり喉を通らない。

「どうした？　あまり食が進んでいないな。口に合わなかったか？」

「いえ、そんなことないわ。とても美味しいけれど、なんだか食べるのが億劫《おっくう》……というか……なんというか……」

にっこり笑ったつもりが、苦笑いになってしまう。するとレオナールがフォークを置き、その手でエミリーの頬を包み込む。

「昨日俺に抱かれたことを後悔して、胸を痛めているのか？」

「違うの！　そんなことないわ……！」

後悔しているのは、レオナールに抱いてもらえたことではない。彼を騙したことだ。

でも、真実を告げていたら、抱いてもらえなかった。彼の恋人になることは一生なかった。

それはそれで、後悔するに違いない。

どちらにしても、私は最低な人間だわ。レオナールお兄様のことを考えずに、自分の希望を叶えることに夢中で……。

エミリーが思わず俯くと、顎を指で持ち上げられて唇を奪われた。

「んっ！　レ、レオナールお兄様……？」

「どんなに後悔しても、俺のことが嫌いになろうとも、離してやるつもりはないぞ」

涙が出そうになるぐらい嬉しい言葉――ずっと待ち望んでいた夢みたいな言葉だ。

でもそれは、エミリーを恋人だと思い込んでいるから言ってくれたものであり、本来は言ってもらえるはずがない。

「……絶対？」

絶対なんてありえない。でも不安で、聞いてしまう。

「ああ、絶対だ。……そうだ。喉を通らないのなら、俺が食べさせてやろうか」

レオナールはパンを一口大にちぎると、エミリーの小さな唇へ運ぶ。

「レオナールお兄様ったら、子供じゃないのよ？　んむっ！」

不満を言っている間に、パンを口の中に放り込まれた。

「子供扱いなどしていない。……が、そう感じるのなら、キスしてから口に入れることにするか？」

「え！　本当？　……うう……えっと、ううん、自分で食べるから、大丈夫っ！」

キスしてくれるのなら、食べさせてもらうのもいいかもしれない……と心が揺れたけれど、やっぱり子供っぽい気がして断った。

食べている途中につい欠伸《あくび》をしてしまうと、レオナールもつられて欠伸をしたので、二人で思わず顔を見合わせて笑ってしまう。

「食べ終わったら、もう少し眠るか」

「そうね。あっ！　その前にポーラとエメにレオナールお兄様が目を覚ましたって伝えなくちゃ」

「ああ、二人ならつい先ほど来てくれたから、礼を伝えたところだ」

彼女たちはエミリーの身支度を調えに来てくれたそうだ。

エミリーはまだ眠っていること、そして今日はゆっくり寝かせたいと伝えたら、昼前にもう一度来ると言って下がっていったらしい。

「そうだったの」

寝室の扉を隔てていたとはいえ、二人が来たのも、レオナールが彼女たちと会話していたのにも、全く気が付かなかった。

レオナールとエミリーが二人で過ごす姿は、兄妹のように過ごしていた時とは大分違う風に映るはずだ。ポーラとエメが見たら違和感を覚えるだろう。彼女たちにはなんて説明したらいいだろう。

そうだわ。旅行中は、恋人ごっこをしていると誤魔化そう。

「レオナールお兄様はベッドを使って。私はソファで休むわね」

「何を言っている。見知らぬ男女が同室になったのならまだしも、深い仲になった恋人同士が別々に眠るなどありえないだろう」

「あっ！　そ、そうよね。えっと、恋人……だものね」

ああ、罪悪感で胸が苦しい。

「一人寝じゃないと熟睡できないという人間もいるだろうが……さっきは随分熟睡していたみたいだし、お前はそうではないだろうな」

……さっき？　ということは私、レオナールお兄様と肩を並べて寝ていたの⁉

身体を重ねて深い仲になったとはいえ、つい数時間前までは乙女だったエミリーにはそういった耐性が全くなく、頬を真っ赤に染めてしまう。

「あ、あの、私……あの……」

「もしそうだったとしても、別々のベッドなど嫌だぞ。二人で寝ても熟睡できるように頑張ってくれ」

ちゅっと唇を重ねられ、エミリーは頬どころか耳や首まで真っ赤にして頷《うなず》いた。

熟睡できるように頑張ってくれと言われたけれど、努力でなんとかできるだろうか……と心配したが、徒労に終わった。

横になってからしばらくは心臓がすごい音で脈打っていたが、昨日の情事で相当疲れていたエミリーは、五分もしないうちに夢の世界に旅立ったのだった。

第三章　奇跡の悪用

お昼を過ぎた頃、船は一つ目の目的地であるサルファー国へ到着した。

サルファー国はガラス産業が盛んな国で、港にはたくさん店が並び、食器や装飾品など様々なガラス製品を購入することができる。

ポーラとエメに身支度を調えてもらったエミリーは、レオナールと共に店屋を回っていた。

店頭に並べられている色とりどりの美しいグラスは、窓から差し込む太陽の光を反射してキラキラと鮮やかに輝き、エミリーの瞳も輝かせた。

その中でもレオナールの瞳の色と同じ紫を主体とし、赤、黄、緑の色が混じったグラスが、エミリーの興味を一際惹《ひ》きつける。

「なんて綺麗なのかしら……」

こんなにも美しいグラスでなら、何度挑戦しても苦手な赤ワインも美味しく飲めるに違いない。そんなことを考えながらジッと眺めていると、レオナールがその隣にあった同じデザインで、緑を主体とした色違いのグラスを手に取った。

「俺はこっちの色がいい。お前の瞳の色と同じ色だ」

「……っ！」

心臓が大きく跳ね上がり、さっきまで海風で少し冷えていた顔が一気に熱くなる。

レオナールお兄様も、同じことを思っていてくれたなんて……。

「あ、あのねっ！　私もこのグラスの色が気になったのはね、レオナールお兄様の瞳と同じ色だって思ったからなの」

そう告白するとレオナールが瞳を細め、嬉しそうに唇を綻ばせる。

「記念に色違いで買っていくか」

「本当？　嬉《うれ》しいっ！　いつも見える場所に飾って……ううん、飾っておくのは勿体ないわ。でも、使うのは壊してしまったらと考えると悲しいし……」

「それなら普段は飾っておいて、記念日だけ使えばいい。年に数度しかないのだから、壊れる危険性も減るだろう」

「記念日……」

浮かれていた気持ちが、一気に地面に落ちていく。

記念日なんてあるはずがないし、これからもできるはずがない。レオナールの記憶が戻れば……いや、この旅行が終われば、エミリーとの本当の関係が知られてしまう。

レオナールは温厚で、慈愛に満ちた人だ。でもさすがにこんな酷《ひど》い嘘は、許してくれるはずがない。その時にこのグラスを見たら、レオナールはどう思うだろう。

自分が悲いのに胸が締め付けられるように苦しくなって、涙が出そうになる。

「……やっぱり、買うのはやめておくわ」

「どうしてだ？　気に入っているのだろう？」

「ええ、でも、その……壊れる危険性は少なくなっても、可能性が全くなくなるわけじゃないでしょう？　グラスは特に壊れやすいものだし、割れたら悲しいもの。だから……」

その後もエミリーは適当な理由を付けて旅行の記念になるようなものは一切購入せず、家族や城の使用人たちへのお土産だけを買って船へ戻った。

思ったより海風が冷たくて身体が冷えてしまったので、ソファに並んで座り、ルームサービスで頼んだ温かい紅茶を口にする。

そろそろ戻ろうと言ったのは、レオナールからだった。まだ船が港を離れるまで三時間以上もあって、他の客はまだ観光を楽しんでいる。

もしかして、つまらない思いをさせてしまっただろうか……。

あの時頑《かたく》なにグラスを買うのを拒んだから？

それともその後にも記念に残るような物の購入を勧めてくれたのに、なんだかんだと理由を付けて　切買わなかったことで気分を悪くさせてしまったから？

今後彼に嫌われることを考えて泣きそうになってしまって、それを我慢するために口数が少なくなっていたのが感じが悪かった?

ああ、心当たりがありすぎる……。

怖くてレオナールの顔を見られないでいると、彼が「今さらだが……」と口を開く。

「な、なぁに?」

「出歩いても大丈夫だったか?」

「え? どういうこと?」

身構えていると、予想外の質問をされた。

「破瓜したばかりで、辛かったのではないか?」

「……あっ……!」

大丈夫かって、そういう意味で……!?

エミリーは紅茶のカップをソーサーに置き、頬を真っ赤にして両手を胸の前で左右に振る。

「だ、大丈夫……」

「本当か? 歩き方も少しぎこちなかった」

あれだけの痛みを感じたのだから、しばらくは黙っていてもずっと痛むのではないかと思っていたけれどそうではなかった。

黙っていれば痛みはない。でも、中にまだレオナールの欲望が入ったままになっているような違和感があって、少し歩きにくい。

でも、まさか気付かれていたなんて……！

エミリーの顔はますます顔を赤く染め、あまりの恥ずかしさに何も言えずに俯《うつむ》いてしまう。

「もっと早く切り上げてくるべきだったな。いや、今日は出歩かず休んでおくべきだった。すまない。ぎこちない歩き方になっているのを見て、ようやく辛いことに気付いた。気付くのが遅すぎたな。随分無理をさせた」

早く切り上げたのはつまらなかったからではなく、エミリーの身体を気遣ってのことだったらしい。

「ち、違うのっ……！　あの、辛いとかじゃなくて、その……な、なんていうかね。あの……」

「無理をしなくていい。俺を心配させないように気遣ってくれているのだろう？　お前は優しいな。今日はもう着替えて、ゆっくりベッドで休むといい。食事もルームサービスで済ませよう。何かしてほしいことがあれば、自分で動かずになんでも俺に言ってくれ」

恥ずかしがっていないでちゃんと言わないと、ますます心配されてしまう。

「本当に違うのっ！　あの、ね……あの……歩き方が変だったのは、その……レオナールお兄様、のがね。ま、まだ入ってるみたいな、感じがして……その……」

これ以上心配をかけないようにと本当のことを言ったが、恥ずかしくて最後の方はかなり声が小さくなった。

「では、辛いわけではなかったのか?」

真っ赤な顔を両手で隠して頷くと、レオナールが「それならよかった」と安堵《あんど》の声を漏らし、彼女の左手を取る。

真っ赤になった顔を見られてしまうとエミリーが焦っていると、レオナールはポケットの中から何かを取り出した。

「え……?」

それはレオナールの瞳と同じ紫色をしたガラスの指輪だった。

「壊れてしまっては悲しいと言って思い出に残るようなものは何も買わずにいたが、どうしても何か贈りたかった」

いつの間に買っていたのだろう。全然気が付かなかった。

「もう買ってしまった。返してこいだなんて言わないだろう? 壊してしまってもいい。これは仮だからな」

レオナールはエミリーが驚いて目を丸くしている間に、左手の薬指にはめた。ひんやりしたガラスの指輪は、エミリーの体温がうつって徐々に温かくなっていく。

「指輪、薬指にしてくれるの?」

「ああ、婚約しているのに指輪がなかったからな」

エミリーはギクリと身体を引きつらせ、言葉を詰まらせる。

そうだ。婚約をしているなら、指輪がないとおかしい。変に思われたのだろうか。

どうしよう。なんて言えば……。

「記憶を失う前の俺は、まだ贈っていなかったのだろう？　本当にとんだ腰抜けだな。この指輪は仮の婚約指輪だ。戻ったらちゃんとしたものを贈らせてくれ」

嘘がばれないように必死なエミリーに対して、レオナールはとても真摯だった。彼を騙している罪悪感が、今までで一番刺激される。

レオナールお兄様がこの指輪を贈る相手は――戻ってから婚約指輪を贈る相手は、私じゃない。コレットさんなのに……。

それなのにレオナールを一分一秒でも自分のものにしていたいエミリーは、真実を口にできない。

私は、本当に最低な人間だわ――。

口から言葉が出せないかわりに、複雑な感情を含んだ涙がポロポロ零《こぼ》れた。

「気にくわなかったか？　すまないな。俺にはあまりセンスがないようだ」

「そ……じゃないの。嬉しい……嬉しいわ……」

そして心の底から申し訳なくて、レオナールの深い愛を受けられるコレットが羨ましい。

次から次に溢れてくる涙を手の甲で拭っていると、レオナールがハンカチを出して拭ってくれた。

「でも、どうしてサイズがわかったの？　薬指にぴったりだわ」

　薬指のサイズなんて、記憶を失う前も、失ってからも、レオナールに話したことなんてなかった。すると彼はポケットからリボンを取り出し、自身の薬指に巻き付ける。

「国に戻ったら婚約指輪を贈ろうと思って、昨日眠っている間にこうして測っておいた」

「そうだったの？　全然気が付かなかったわ……」

「ああ、よかった。これで気付かれていたら、恰好《かっこう》が付かないところだ」

「ふふ、レオナールお兄様ったら」

　気恥ずかしそうに笑うレオナールが可愛くて、エミリーは罪悪感で引き攣らせていた顔を綻ばせる。

　すると綻んだ唇をレオナールに奪われ、深く求められた。

「ん……うっ……んんっ……ふ……んん……」

　咥内《こうない》を舐め回されるたびにお腹の奥が熱くなっていって、花びらの間に隠れた蕾や、昨日彼に貫かれていた深い場所が疼き出す。

「レオナールでいい」

「え？」

「恋人なのだから、いつまでも『お兄様』を付けるのはおかしいだろう？　癖は直さないとな」

癖……？

首を傾《かし》げそうになった直前で、恋人になったけれど、幼い頃の癖でまだ『お兄様』を付けて呼んでいることにしていたことをようやく思い出した。

「練習だ。呼んでくれ」

「え、ええ、……レ、レオナール」

『お兄様』と付けないと、なんだかとても変な感じだ。

あまりの違和感に数秒後にやっぱり『お兄様』と付け加えてしまうと、やり直しを命じられてしまった。

十分以上かかったが、ようやく名前だけで呼ぶことができた。一連の流れが練習となったのか、違和感がほんの少しだけ薄くなった気がする。

レオナールは満足そうに口元を綻ばせると、達成感で笑みを浮かべるエミリーの唇を奪う。

「んんっ……ん……っ……」

唇を奪われるたびに疼きが強くなっていって、蜜が溢れてくるのがわかる。

どうして……？

ここにレオナールを受け入れるのはとても痛かった。それなのにまたここを奥まで埋めてほしいと懇願するように、疼きがどんどん強くなっていく。

「ン……ぅ……」

あまりに強く疼くものだから自然と腰がくねって、少しでも刺激が欲しくて膝と膝を擦り合わせてしまう。するとレオナールの手が、エミリーの太腿《ふともも》を撫で始める。

「腰が揺れているぞ」

「……っ……だ、だって……」

「ここが疼くのか？」

太腿を撫でるレオナールの手がじりじりと上がって行って、ドレスの上からエミリーの秘部に触れた。

「ぁン……っ！」

レオナールは秘部を手の平で包み込むと、胸を可愛がる時のようにムニュムニュと揉んでくる。

「……ン……ま、待って……まだ、明るい……のに……こんな……」

「明るいからといって、こうしてはいけないという決まりはない。……あったとしても、破ってしまうだろうがな」

ククッと笑ったレオナールは、ドレスの上から秘部を揉み続ける。

「ん……っ……ぁっ……そ、そこ……揉んじゃ、……ン……っ……ぁっ……」

揉《も》まれるたびに蕾が花びらと花びらの間に擦れて、じれったい刺激が襲い掛かってくる。身体が熱くなってきて、ドレスの下の肌がしっとりと汗ばむ。

揉まれるたびに蜜が溢れて、クチュクチュ音が聞こえてくる。

「可愛い音が聞こえてきたな？」

「い、言わない……でっ……ぁんっ……！」

レオナールの手から生まれる意地悪な刺激で、エミリーは息を乱しながら身悶えを繰り返す。

花びらの中では小さな蕾が興奮と刺激でぷくりと膨らみ、密《ひそ》かにさらなる刺激を求めていた。

「はぅ……っ……ン……んぅ……っ……」

昨日みたいに、直接触ってほしい……。

でも、そんなお願いは、恥ずかしくてできそうにないと下唇を噛《か》んでいたら、レオナールが耳元に唇を寄せてくる。

「直接触ってほしいのか？」

「えっ……！　う、嘘……私、また声に出して、た？」

慌てて口元を両手で隠すと、レオナールがクックッと笑う。

「いや、今日は口に出していない。だが、身体がそう求めているように見えた。……当たっていたようだな？」

「もっ……レオナールお兄様の意地悪……っ！」

「呼び方が元に戻ってるぞ」

レオナールはエミリーをそのままソファに組み敷くと、足を広げさせた。

「あっ……！」

ドレスとパニエがずり上がり、下着が露《あら》わになった。溢《あふ》れた蜜で下着がぺったりとくっ付き、秘部の色形が薄らと透けていく。

「すごいな。透けるほど濡れているぞ」

「や……っ……み、見ないで……」

レオナールに下着をずり下ろされると、秘部と下着の間を透明な糸がツゥッと紡ぐ。

「わかった。下着は見ない。こちらを直接見せてもらおう」

「下着を見ないでって意味じゃなくて……っ……あっ……」

ぷっくりと膨れた敏感な蕾《つぼみ》を熱い舌でねっとりとなぞられると、頭が真っ白になって言葉が紡げなくなってしまう。

「あんっ……あっ……あぁんっ……ン……ぅ……っ……」

敏感な蕾は唇の柔らかな感触や熱い舌の感触を余すことなく感じ、全ての刺激を快感へ代えていく。

昨日彼を受け入れた膣口は激しい収縮を繰り返し、お尻まで濡らすほど甘い蜜を溢れさせていた。

レオナールは敏感な蕾を舌で可愛がりながら、誘うようにひくついている膣口に中指をゆっくりと埋めていく。

「ン……ぁっ……」

また、痛くなる……！

とろけた身体が強張るものの、恐れていた痛みはやってこなかった。

昨日は痛みを感じたけれど、今日は中が広がっていく感覚があるだけで痛みはない。

「エミリー痛いか？」

レオナールは蕾からわずかに唇を離し、そう尋ねてくる。濡れた蕾はより敏感になっていて、温かい息がかかるだけでも大げさなくらい反応してしまう。

エミリーは腰を震わせながら首を左右に振ると、熱い舌が再び敏感な蕾を可愛がり、中に入っていた指がゆっくりと抽挿を繰り返し始めた。

「ひぁっ……ぁっ……んっ……ぁんっ……！　あっ……あっ……あぁ……っ」

蕾を可愛がられるたびに中が激しく収縮し、レオナールの指を締め付ける。もう一本入れられるとまた痛みを恐れて身構えたが、一本目同様に痛みはなかった。

そうしているうちに快感の波が足元をくすぐり出すのを感じ、エミリーは絶頂が近付いてきているのを悟った。

するとと中に自分の指の形をなじませるように抽挿を繰り返していた指が、お腹側の膣壁を押す動きを加え始める。

「ん……ぅっ……ぁっ……んんっ……」

中から押されることで身体の中に異物が入っているという違和感が強くなるものの、足元をくすぐっていた絶頂の前兆は散らずに上を目指してきていた。

中を弄《いじ》られるのは違和感しかなかったのに、蕾を舌でなぞられながら繰り返し押されていると、小さな快感を覚えるようになってきた。

新たな感覚に戸惑っていると、柔らかな唇が敏感な蕾を根元から隙間がないように咥《くわ》えてチュッと吸う。

「あ……っ……来ちゃ……っ……あっ……あぁ――……っ！」

足元を彷徨《さまよ》っていた波が、一気に頭の天辺《てっぺん》まで突き抜けた。エミリーは背中を弓のようにしならせて絶頂に痺れた。

「はぁ……はぁ……ン……苦し……」

激しく息を乱すと、コルセットに締め付けられた胸が苦しくて仕方がない。

少しでも緩くしたくてドレスの胸元を中のコルセットごと掴んで引っ張ってみるけれど、きつく締め付けているコルセットは少し引っ張ったぐらいでは緩むわけがなかった。

顔を上げたレオナールもエミリーが苦しがっているのに気付いたらしい。中に入れていた指を引き抜いて蜜を舐め取ると、ドレスの胸元のボタンを外していく。

「ぁ……っ……」

コルセットの締め付けはまだ苦しいけれど、汗ばんだ胸元に冷たい空気が入り込んできて心地がいい。

「エミリー、後ろを向けるか？」

　エミリーは小さく頷いて、まだ絶頂に痺れて思ったように動かせない身体をなんとか起こして、背を向けた。

　ドレスとコルセットを脱がせてもらうと、ようやく深く呼吸ができるようになる。

　何度か深呼吸を繰り返していると、後ろから抱き寄せられた。

「あっ……」

　大きな手が豊かな胸を包み込み、淫らな手付きで揉みしだく。

「楽になったか？」

「ン……っ……呼吸は楽になった……けれど……」

「けれど？」

　柔らかな胸は大きな手の中で形を変え、先端は触ってほしいと主張するようにツンと尖《とが》っていた。両方の先端を指で抓《つま》まれ、捏《こ》ねくり回《まわ》されると頭の芯に痺《しび》れるような刺激が走る。

「ぁんっ！　んっ……あ、のね……ドキドキして、別の意味で苦しいの……」

「そうか。その苦しさはもっと感じてほしいところだ。……エミリー、顔をこちらに向けてくれ」

「こ、う？　……んっ……んんっ……」

顔だけレオナールの方に向けると、唇を重ねられた。

咥内をねっとりと舐め回されながら胸の先端を可愛がられ、エミリーはとろけそうな刺激に襲われて自分の力だけでは座っていられなくなる。

レオナールの胸にもたれかかる形でなんとか座っていると、お尻に硬い何かが当たっているのに気付く。

何……?

怠《だる》い手を何気なく動かしてそれに触れると、絡んでいたレオナールの舌が一瞬ピクッと何かに反応したように跳ねた。

「んっ……!」

これって、もしかして……。

弾《はじ》かれたように手を離すと、レオナールがククッと笑う。

「興味があるのか?」

「ご、ごめんなさ……っ……当たってるから、何かなって思って……けして、い、いやらしい気持ちとかじゃなくて……勝手に触ってごめんなさい……」

「謝らなくていい。お前に触ってもらえるのは嬉しい。いやらしい気持ちも大歓迎だ」

レオナールは既に大きくなっていた欲望を取り出すとエミリーの腰を浮かせ、後ろからひくついている膣口に宛《あて》がう。

「あっ……」

「入れてもいいか？　昨日よりは痛まないと思うが、全く痛まない……というわけにはいかないかもしれないな。無理強いはしたくない。身体が辛かったら、拒んでくれ」

痛いのは、怖い。

けれど昨日レオナールの欲望で広げられた膣口が、彼の熱を擦り付けられた膣道が、痛くても欲しいと訴えるように激しく疼いている。

レオナールの愛を感じられる奇跡の時間——絶対に逃したくない。

レオナールはエミリーが頷くのを見届けると、手でしっかりと支えていた細腰から力を抜いていく。すると浮いていたお尻が落ちて、宛がわれていた彼の欲望をゆっくりと呑み込んだ。

「……っ……ン……ぅ……痛っ……」

恐れていた痛みを感じ、エミリーはギュッと目を瞑《つぶ》って身を硬くする。

「やはりまだ痛むか。すまないな……」

「大丈、夫……っ」

レオナールの言うように、確かに昨日より痛くない。我慢できる痛みだ。

次にすることがあれば、その時はまた痛みが少なくなっているのだろうか。でも彼の記憶が戻れば、こうして抱いてもらえることは二度とない。

レオナールお兄様の記憶は、いつ戻るのかしら。次に抱いてもらえることは、あるのかしら……。

最奥まで埋められると苦しくて痛い。

でも、なぜか辛いとは思わなかった。痛みは抜きとして、彼が中にいるというこの感覚をずっと味わっていたいと感じる。

「あまり激しくしないようにする。……自制が利かなくなっていたら、どこか引っ掻いてくれ。お前の中は良過ぎて、理性が飛びそうになる……」

「ぁっ……んんっ……ぁっ……ン……ぅ……っ……う……っ……んぅっ……」

抽挿が始まると痛みが強くなった、でも繰り返されるたびに鈍痛へと変わっていく。

昨日はあまりの痛みにそんなことを感じる余裕なんて全くなかったけれど、蜜をかき混ぜられる音や肌と肌がぶつかり合う音がとても淫らだ。

この音を聞いていると、自分がレオナールと一つになっているのだとより大きく自覚させられる。するとなぜかお腹の奥がキュンと疼《うず》き、彼の欲望を受け入れている膣道が強く収縮して中のものを締め付けた。

「……っ……エミリー……そんなに、締め付けると……っ……く……」

レオナールが息を乱し、辛そうに眉をしかめた。

「レオナールお兄様、ど……したの？　痛い？」

「逆だ。気持ちよくて、理性が飛びそうになった。お前も気持ちよくさせたいが……痛みがあっては、こうしてもあまり気持ちよくないか？」

レオナールの指が、花びらの間でぷくりと膨れた敏感な蕾を撫でた。すると散っていた快感が戻ってきて、エミリーは潤んだ瞳を細める。

「あっ……！」

「少しは痛みが紛れるか？」

「んっ……わ、かんな……でも、そこに触られると……」

「気持ちいいか？」

こくりと頷くと、彼の指が遠慮のない動きへ変わる。

レオナールは抽挿を繰り返しながら、中指で敏感な蕾を転がし続けた。そうすると痛みがだんだん鈍くなっていって、快感の方が強くなっていく。

「ぁっ……ぁんっ……んっ……んんっ……ぁっ……んんっ……ぁっ……んんっ……！」

鈍くなったけれどわずかに残っている痛みが邪魔をして、絶頂に至るほどの快感はやってこない。でも、もっと経験を重ねていけば、この快感の先には今までの絶頂以上の素晴らしい快感があるのだろうということが、なぜかなんとなくわかる。

刺激で自然と目が閉じてしまいそうになるけれど、エミリーは必死に瞳を開いた。レオナールが自分を愛している顔を瞳に、記憶に焼き付けておきたい。

レオナールはいつか記憶を取り戻して、エミリーを軽蔑する。そうすればもう二度と関わることはないだろう。

この後の長い、長い人生――レオナールがいない人生を耐えるために、この記憶を心に焼き付けておきたい。

あまりにも自分勝手な理由に吐き気がする。でも、自分ではどうすることもできない。こんなにも大きくて、歪《ゆが》んでしまったこの気持ちをどうしていいかわからない。

レオナールお兄様、ごめんなさい……。

エミリーはレオナールが絶頂に達する顔を瞳に焼き付けたところでとうとう限界を迎え、意識を手放してしまった。

◆◇◆

心の中でごめんなさいと謝りながらも、レオナールに求められると拒めない。拒みたくない。大好きな人と愛し合う機会を逃したくない。

エミリーは昼夜問わず求めてくるレオナールと身体を重ね続け、罪を深めていった。

ここはどこだろう。

右を見ても、左を見ても真っ暗だ。でもなぜか、真正面にいるレオナールの後ろ姿だけがはっきり見える。

名前を呼ぶとレオナールが振り向き、眉をしかめてエミリーを睨みつけた。

レオナールお兄様、怒ってる……？

彼のこんな表情は、今まで見たことがない。どうしたのだろう。何か怒らせるようなことをしてしまっただろうか。

『俺達が恋人なんて、よくもそんな嘘《うそ》を吐けたものだな。エミリー……お前がそんな最低な人間だったとは思わなかった』

恋人……嘘……ああ、そうだわ。私は記憶を失ったレオナールお兄様に、最低な嘘を吐いたんだった。

『レオナールお兄様、ごめんなさい。謝っても済む問題じゃないってわかってる。でも、私……』

エミリーは震えながら必死になって謝った。

謝っても許されることではないとわかっていても、大好きな彼に嫌われるのは耐えられない。許してもらえるならなんだってする。だからどうか許してほしい。

『……謝罪などいらない。謝られたところで、元には戻らないからな。もう二度と俺の前に姿を現すな』

レオナールは踵《きびす》を返し、エミリーの前から去ろうとする。

『レオナールお兄様、待って！　あっ……嫌っ……何……!?』

足が地面にくっ付いて、一歩たりとも進めない。その間にもどんどんレオナールは足を進め、姿が小さくなっていく。

『行かないで……レオナールお兄様、待って……っ！』


「……っ……待って！　嫌……っ！」

エミリーは自分の声に驚いて目を覚まし、思いきり飛び起きた。

心臓がドクドク嫌な音を立てて、全身冷や汗でびっしょり濡れている。今のが夢だったとわかると、肺の底から大きなため息がこぼれた。

レオナールに自分が恋人だと嘘を吐き、身体を重ねるようになってからもうすぐ一週間――彼は昼夜問わずエミリーを何度も求めていた。

大好きなレオナールに求めてもらえるのは嬉しい。でも身体を重ねていくたびに罪悪感がどんどん強くなっていって、夢にまで反映されたらしい。

「え……？」

隣を見ると、一緒に眠っているはずのレオナールの姿がない。まだ嫌な音で鳴り続けていた心臓が、一際嫌な音を立てた。

「レオナールお兄様……っ！」

ルームシューズを履くのも忘れ、寝室の扉を開いた。リビングにも彼の姿はない。

——もしかして記憶が戻って……？

いつか訪れることだと覚悟していたけれど、いざ直面すると頭が真っ白になってどうしていいかわからない。

リビングの真ん中で呆然《ぼうぜん》と立ち尽くしていると、バスルームから水音が聞こえてきた。頭が真っ白になって我を失っているエミリーは、ノックもせずにいきなり扉を開く。そこにはバスタブに浸《つ》かっているレオナールの姿があった。

「っと……驚いた。そんなに慌ててどうした？」

居た……。

突然バスルームの扉が突然開いて驚いたレオナールは目を丸くしていたが、すぐに細めて口元を綻ばせる。

「起きたら、レオナールお兄様、が……いなくて……怖い、夢見て……」

こんな優しい表情を見せてくれると言うことは、まだ記憶は戻っていないのだろう。

ああ、よかった……。

足の力が抜けてへなへなとその場に座り込んでしまうと、心配したのか、レオナールがバスタブから上がり、へたり込むエミリーの前にしゃがむ。

「大丈夫か？」

「あっ……」

彼の裸が視界に飛び込んできて、エミリーはようやく我に返った。

「ご、ごめんなさい。私、ノックもせずに、いきなり……」

慌てて両手で目を塞ぐと、レオナールがククッと笑う。

「俺は大歓迎だ」

レオナールが濡れた手でエミリーの頬を包み込むと、頬を伝ったお湯が首筋を流れて、ナイトドレスの胸元に滲《し》みていく。

「ああ、濡らしてしまったな。せっかくだし、一緒に入るか？」

「えっ!?」

一緒に入るのは恥ずかしい。でもあんな夢を見た今は、離れたくない。その間に記憶が戻ってしまうかもしれない。

「えっと、それは服……を脱がないと駄目？　裸になるのは恥ずかしいわ……」

「衣服を身に付けたまま入浴するなんて、聞いたことがないだろう？」

「そ、そうよね。うん、そうだわ……」

恥ずかしいけれど、今は一人になりたくないし、でも……。

決めかねてモジモジしていると、レオナールが「それに……」と言ってエミリーを横抱きにし、そのままバスタブの中へ戻った。

「えっ！　きゃっ……」

「いくら服で隠しても、こうして濡れてしまえば意味がない」

お湯で濡れたナイトドレスが透けて、素肌が見える。

張りのある二つの膨らみも、ピンク色の胸の先端も、へそも、下着も透けてしまっているので恥丘も見えていた。

「あっ……」

透けたナイトドレスの上から胸の先端を指で弄られると、そこから背骨を伝わって、全身にゾクゾクと刺激が伝わっていく。

布の上からじゃなくて、直接の刺激が欲しい——。

「着ていたいか？」

エミリーは首を左右に振って、自ら脱ごうとする。

しかしお湯を吸ったナイトドレスは重く、肌にへばりついて脱ぎ辛く、レオナールに手伝ってもらってなんとか脱ぐことができた。

レオナールは裸になったエミリーを向かい合わせにし、自身の膝に座らせて苦笑いを浮かべる。

「濡れた服は、予想以上に脱ぎ辛いということがわかったな」

「ふふ、あまりに脱ぎ辛いから、乾くまでこのままでいなくちゃいけないかと思って、ちょっとドキドキしちゃった」

二人で顔を見合わせて笑い、唇を重ね合う。初めはレオナールにされるがままで、受け入れることしかできなかったキス……。

しかし経験を重ねていくうちに、エミリーも少しだけ応えられるようになった。舌と舌を絡みあわせ、擦り付け合うと気持ちがよくて堪《たま》らない。

「どんな夢を見たんだ？」

「……っ……ん……それは……その……」

言えるはずがない。とても怖い夢だったけれど、忘れてしまったと誤魔化《ごまか》した。

嘘に嘘を重ねていく――。

自己嫌悪と罪悪感で、胸が押し潰されそうだ。

それでもエミリーは、レオナールを手放したくない。

「それにしても、大分キスが上手《うま》くなったな」

「えっ……本当？」

「ああ、色んなことが上手になった。ここで感じるのも上手になったし、それから……」

レオナールの指が、エミリーの全身にある性感帯すべてに触れていく。

「ぁんっ……んっ……んんっ……」

そのたびにエミリーは酷《ひど》く感じて、全身をビクビク震わせる。何も知らなかった無垢《むく》な身体はレオナールによって作り変えられ、艶《つや》やかな成長を遂げていた。

レオナールに敏感な場所を触れられるたびに、膣口や膣道がヒクヒク痙攣《けいれん》し、彼の欲望でしか決して届かない場所が疼き出す。

あまりに強い疼き――我慢できなくてレオナールの膝の上でお尻をモジモジ動かしていると、彼はエミリーの腰を掴んで少し浮かせ、下から既に硬くなった自身を宛がう。

「は……ぅっ……」

宛がわれただけなのに、エミリーは大げさなぐらいビクンと身体を跳ね上がらせた。昨日も抱いてもらったばかりなのに、一秒でも早くそこに刺激が欲しくて堪らない。

「ここで感じるのが、一番上手くなったな」

「そ、そんな意地悪なこと、言わないで……」

「意地悪で言ったわけではない。褒めているんだ」

レオナールはほんの少しだけ膣口に欲望の先を入れると、エミリーの腰を固定したまま前後に腰を揺らす。

「あ……っ……ン……ひぁン……っ！」

前後に揺れる欲望に、膣口が引っ張られて広げられる。

その感覚が気持ちよくて――でも、決定的な刺激にはなっていなくて、お腹《なか》の奥がどんどんくすぶっていく。

早く奥に進んできてほしいと訴えるように、最奥が激しく疼いている。まるでここに二つ目の心臓ができたみたいだ。

「レオナールお兄様……わ、私……もう……」

「欲しいのか？」

早く入れてほしい――なんてお願いするのは恥ずかしい。でも、すぐに入れてもらわないと、おかしくなってしまいそうだ。

頬を真っ赤に染めながらも素直に頷くと、レオナールは満足そうな笑みを浮かべ、エミリーの細腰を支えていた手を離した。

「ひぁ……！　あっ……あぁっ……！」

支えをなくしたエミリーの身体は下に落ち、硬く、血管が浮き出るほどパンパンに張りつめた欲望を一気に呑《の》み込《こ》んだ。

肌がブワリと粟立《あわだ》ち、あまりの気持ちよさに背中が弓のようにしなった。初めての時はあんなに痛かったのに、今はここに受け入れるのが気持ちよくて堪らない。

下から突き上げられると、体重がかかっているからなのか、いつもよりも深く彼を感じる。

「あっ……ぁんっ……はぅっ……んっ……ぁっ……はんっ……んんっ……んぅっ……んんっ

……んっ……やんっ！」

　奥まで入っている時に時折前後に揺らされると、中が広がって……奥がゴリゴリ擦れて……ああ、頭が真っ白になる。

「ひぅっ……」

　抽挿を繰り返されるたびにバスタブからお湯が溢れ、ジャバジャバと大きな音がバスルームに響いた。

　いつもなら何も思わない音なのに、とてもいやらしい音に感じてしまうのはどうしてだろう。

「……っ……すごい、締め付け……だな。達《い》きそう……か？」

「レ、レオナールお兄様っ……きちゃっ……ぅ……きちゃうの……っ……ぁんっ……」

　足元を彷徨《さまよ》っていた絶頂の波が一気に押し上がってきたその時、レオナールが動くのを止めてしまう。あまりの切なさに、涙が出そうになる。

「やぁ……っ……ど、して……」

「また、呼び方が戻っているぞ。ちゃんと呼ばないと、達かせてやれないな」

「んぅ……っ……い、意地悪、しないで……レオナール……お願い……も……変になりそうなの……」

　名前を呼んで必死に懇願すると、レオナールの瞳が熱く揺れる。

「ああ……俺も、達きそうだ……」

レオナールはエミリーの唇を奪うと、ゴツゴツと激しく突き上げた。

「んんっ……んっ……んぅぅ――……っ！」

足元にあった快感の波が一気に身体の中を進み、頭の天辺まで貫いていく。

エミリーは待ち望んでいた絶頂に痺れ、身悶《みもだ》えを繰り返しながらレオナールの破裂しそうなほど張りつめた欲望をギュウギュウに締め付けた。

「……っ……ん……」

その刺激でレオナールもほぼ同時に絶頂を迎え、エミリーのヒクヒク痙攣する中に熱い飛沫《しぶき》をたっぷりと出した。

中で彼の欲望がドクンドクンと脈打つのがわかって、エミリーは甘いため息を零す。

「……昨日も涸れるほど出したから、もうそこまでの量は出ないと思ったが……結構出たな……お前の中は良過ぎる。俺のに絡み付いてきて……甘えてくるみたいだ。可愛くて仕方がない……」

中に入ったままのレオナールが、また大きくなるのを感じる。

「あっ……えっ？　レ、レオナールお兄様、あの……」

「……もう一回……いいか？」

お湯の中で愛し合っているせいか、少しのぼせてきたみたいだ。熱くて少しクラクラするけれど、離れたくない。

エミリーが真っ赤な顔で頷くと、レオナールは再び下から突き上げ始めた。

「ぁんっ……んっ……んんっ……ぁっ……はんっ……ぁ……っ……んんっ……」

このまま、時を止めることができたらいいのに――。

そうしたら私は、一生レオナールお兄様の恋人でいられるのに……。

エミリーはまた真っ白になっていく頭の中で、何度も何度も叶《かな》うわけのない願いを考え続けた。

第四章　どんな罪を犯してでも欲しい女性《ひと》

「……それで、そろそろ覚悟は決まったかい？」

「なんのことだ？」

そう答えながらも、レオナールは『また始まった……』と、心の中で考える。今日、彼は久しぶりに飲もうとヴィクトルに誘われ、深夜に城へ来ていた。

「またまたお前はとぼけて……私の可愛い、可愛い妹のエミリーと結婚する話さ。私としては十六歳ぐらいまでは手元に置いておきたいところだが、そうだね……お前もいい歳だし、十四歳になったら構わないよ」

エミリーが生まれてからというもの、彼女の兄であり、レオナールの親友であるヴィクトルは、二人きりになるたびに、レオナールにエミリーを妻にしろと言うようになったのだ。

「構うもなにも、結婚するなどと言っていないだろう。それにエミリーはまだ十二歳だぞ。結婚だなんて、気が早すぎやしないか？」

「女性が大人になるのはあっという間さ。エミリーもお前のことが大好きだし、お前もあの子が大好きだろう？　それなら結婚してもいいじゃないか」

「それはお前と同じ、血が繋がらなくとも兄のような気持ちでの『好き』だ。エミリーもそうだろう」

ヴィクトルは『お前は乙女心がちっともわかっていない』と、鼻で笑う。

「あの子は姫だ。大人になれば、ローラみたいに遠くの国へ嫁ぐ可能性だって大いにある。……というより、その可能性の方が多いな。今でも他国から婚約の申し出が多過ぎて、断るのが面倒なくらいだ」

「もう来ているのか⁉　エミリーはまだ十二歳だぞ⁉」

「だから言っているだろう？　女性が大人になるのはあっという間なんだ。……遠くに嫁いだローラとは今では、年に一度、数時間会えればいい方になってしまった。でもお前に嫁いでくれたらいつでも会える。ああ、なんて素晴らしいんだろう！　……ということで、もう婚約しておくか？　そうだ。明日……いや、今すぐしよう！」

ヴィクトルは瞳を輝かせて、思わず身を乗り出す。

レオナールはそんな彼を冷めた目で見ながら、ワインと共に出されたケーク・サレを一口大に切って、口に運ぶ。

「しないに決まっているだろう」

これはエミリーが作ったものだそうだ。

生ハムとクリームチーズの塩気とトマトの甘みがお互いの素材を引き立てあっていて絶品だ。ヴィクトルが選んだ年代物のワインよりもこちらの方が進む。

愛らしくて、愛嬌《あいきょう》があって、こんな特技もあるなんてエミリーは本当に素晴らしい、とレオナールは毎回彼女の作り出すお菓子を食べながらうんうん頷く。

「お前も強情だな」

「強情も何も、ヴィクトル、お前……エミリーを手放したくないばかりに必死だな。自分の希望を叶えることばかり考えていないで、エミリーの幸せを考えろ。百歩譲って、歳が近いのならまだしも、俺とエミリーにどれだけ歳の差があると思っているんだ」

「十二歳だろう。レオナール、お前は賢い男だと思っていたが、まさか計算が危う……」

「計算ができないわけではない。改めて考えてみろという意味で言った。エミリーが十四歳になった時、俺は二十六だ。十六になれば、二十八……歳の差がありすぎるだろう。エミリーが可哀想だ」

「歳の差なんて、愛があればなんとでもなるさ。今は歳の差が気になったとしても、もっと時が過ぎてみろ。七十歳と八十二歳だ。ほら、ちっとも気にならない。両方ご老人だ」

ヴィクトルが一生懸命説得するが、レオナールは首を縦に動かさなかった。

エミリーはとても可愛いし、好きだと思うし、守ってやりたいと強く思う。でもそれはやはり、兄としてなのだ。

血は繋がっていなくとも、彼女がまだ目の開かない頃から知っている。本当の妹のようだ。そんな彼女を異性として意識し、妻にするなんて考えられないし、彼女だって同じだと思う。

「エミリーのことを思って言っているんだよ。あの子はお前のことを男として好きだよ」

「ほざけ。嘘吐《うそつ》きの言うことなど信じるわけがないだろう」

「おやおや、人を嘘吐き呼ばわりするなんて酷《ひど》い親友だね」

「本当のことを言っただけだ」

幼い頃から悪戯《いたずら》好きのヴィクトルは、たびたびふざけた嘘を吐いて、人をからかう癖があった。大人になってもその癖は直っていないし、そもそも直す気もないらしい。

「お前に結婚する気配があれば諦めもつくものだけど、恋人がいる時期があっても全くその気配がないからね。期待してしまうんだよ」

「勝手に期待するな」

結婚する気配はない。というより、結婚する気がないのだ。


誰にも話したことはないが、レオナールは妻を持たないと決めている。

アスカリド公爵家は自分の代で終わってしまう。それはとても悲しいことだが、それ以上に彼は家庭を持つことを恐れていた。

自分が家庭を持っても、妻や子供を傷付けそうで怖いのだ。

レオナールは物心が付く前に母を亡くし、父はそれから三度再婚した。

初めはレオナールが五歳の時、それから一年も経たず離婚し、二度目の再婚は彼が七歳の時。

それから一年後に離婚し、彼が十歳の時に再び再婚して、二年も持たずにまた離婚したのだ。

どの母親が居た時も、屋敷の中は争う声が絶えなかった。自室にこもれば、声は聞こえない。

しかし全員が揃《そろ》う食事の席ではそうもいかない。

『どうしてあなたはいつもそうなの!?　ちっとも私の気持ちをわかってなんてくれない……！』

『他人の気持ちだ。わかるはずがないだろう』

『他人って……私たち、夫婦なのよ!?　他人ってどういうこと!?』

『そういう意味で言ったのではない。自分以外の人間は他人。そういうことだ。自分の気持ちはわかっても、他人の気持ちを正確に汲《く》み取《と》ることなど不可能だろう』

言い争う夫婦を目の前にすると、何を口にしても味がしなくて食が進まない。しかし食べ進めなければ、席を立てない。

母親が居た時期、レオナールにとって自宅での食事の時間は苦痛で堪らなかった。離婚した後も口を開けば小言しか言わない父との食事は楽しいものではなかったが、言い争いの中の食事よりは数倍ましだ。

父と義母《はは》が揃えば言い争う――これはどこの家でも見られる光景なのだろうと思っていた。皆、こんな嫌な気持ちをどうやり過ごしているのだろう……。

『もう、こんな生活耐えられない！　離婚してください』

『……仕方がないな。私もこれ以上こんな生活を送るのはごめんだ』

離婚しては、再婚。そしてまた離婚……

なぜ離婚するのに、仲睦まじくできないのに、再婚を繰り返すのだろう。

始めは言い争う夫婦の声を聞くのが辛かった。

しかし歳を重ねるたびに、争う声が聞こえると意識だけがどんどん遠くなっていって、その場に居ながらも声が聞こえなくなるという技を取得することができるようになった。

きっと皆、こうしてやり過ごしているのかもしれない。

レオナールが十歳になったある日のこと、親友のヴィクトルから初めて夕食に招待された。

自分の家の言い争いを聞くのも嫌だが、人の家の言い争いを聞くのも憂鬱で、当日の直前までため息を吐いていたレオナールは、彼の家で過ごす夕食で衝撃を受けた。

食事中は皆笑顔で今日あったことなど他愛《たあい》のない会話を楽しみ、食事の感想を話していたのだ。

レオナールの家族のように、誰も言い争ってなどいない。それはとても不思議な光景で、胸の中が温かくなるものだった。

部外者である自分がいるから、言い争わないようにしているのだろうか。しかしいつ訪れても、ヴィクトルの家族は言い争いなどしている様子はなかった。

『ヴィクトル、お前の家では、いつも食事の時、あんな感じなのか？』

あまりに不思議で、レオナールは意を決してヴィクトルに尋ねてみることにした。

『あんな感じって、どんな感じだい？』

『会話を楽しんだり、料理の感想を言い合っていただろう？　いつもあんな感じなのか？　正直なことを教えてくれ』

ヴィクトルは不思議そうにしながらも、コクリと頷く。

『ああ、そうだよ。それがどうしたんだい？』

家族が集まれば言い争う光景は、普通ではなかったのだ。

レオナールは自分の家族が異常だったことに初めて気付き、その場で泣き出したくなるような悲しみに襲われた。

『……いや、なんでもない』

泣いていても、異常なのは直らない。

ヴィクトルの家族のような、家庭が羨ましい。大人になったら自分が作れば……と夢を描いたが、レオナールはすぐに夢を捨てた。

異常な状態に長らくいた自分も、普通とは違う。

妻や子供にどう接していいかわからず、父のように傷付けてしまうのではないだろうか。

自分のような思いは、絶対にさせたくない。

家族を作ることへの希望を失ったレオナールは、大人になっても結婚は絶対にしないと決めた。

自分は温かい家庭に、縁がないのだ。

そう割り切ることにしたが、初めての夕食で王に気に入られたらしいレオナールは、たびたび夕食に呼ばれるようになり、オージェ家と密接な時間を過ごすようになった。

『レオナール、今日も夕食を一緒にしよう。父上も楽しみにしているぞ』

『いや、気持ちは嬉《うれ》しいが、遠慮しておく。この前も招待いただいたばかりだし、これ以上家族との時間を邪魔するわけにはいかない』

『何を言っているんだ。お前も家族の一員みたいなものだろう。父上と母上も、もう一人子供ができたみたいで楽しいと言っていたぞ』

縁がないと思っていたのに、まさかこんな形で温かい家庭の雰囲気を味わえるとは……。

それからエミリーが生まれ、さらに温かい時間を送ることができるようになった。

小さくて、でも一生懸命生きていて、柔らかくて、温かくて——。

ああ、なんて可愛いんだ……。

『レオナールお兄様、大好きっ！　今日も私と遊んでくれる？』

『ああ、何をして遊ぼうか』

『えーっとね、えーっと……あっ！　この前みたいに抱っこして、クルクル～って回ってほしいっ！』

エミリーと過ごす時間はとても優しくて、胸の中が温かい気持ちで満ちていくようだった。

こうして優しい時間を過ごしていくうちに、自分の中の異常な部分が薄まっていっているように感じて、いつか自分もこうした温かい家庭を作ることができるのではないか……と思えるようになっていた。

しかし、それは違ったと思うような事件があった。ヴィクトルとエミリーたちの母が亡くなった時のことだ。

幼いエミリーは母を亡くした悲しみを紛らわすために、母の形見であるブローチを常に身に着けていたのだが、それが壊れてしまったのだ。

少しでも元気付けることができれば……。

レオナールは宝石店を回り、壊れたブローチに似たものを探すことにした。しかし年代物のためになかなか見つけることができない。

こうしている間にも、エミリーは深い悲しみの中にいる。

焦ったレオナールは各部品ごとに似ているものを買い集め、職人に依頼してそれらを取り外して、壊れたブローチとそっくりに仕立ててもらうという手段を取ることにした。

『すごいな。ここまでよくそっくりに出来たな』

出来あがったブローチをヴィクトルに見せると、感心した様子で頷《うなず》いていた。

『そうか、よかった』

これで少しは元気になってくれるといいが……。

だがエミリーの反応は、想像していたものとはまるで違った。

『壊れて落ち込んでいたから、少しでも代わりになるものと思って探したんだが……』

『代わりになんてならないわ！　あのブローチはお母様のブローチだもの！　代わりになるものなんてないわ！　レオナールお兄様なんて嫌いよっ！　もう帰って……！』

結果は、エミリーを余計悲しませることになってしまった。

嫌われて当然だ……。

見た目が似たものを作っても、壊れた形見ではない。

似たようなものを贈ることで、エミリーの心の傷をえぐることになるとどうして気付けなかったのだろう。

自分がいつか温かい家庭を築くことができるなんて、とんだ勘違いだ。

異常な家庭に育った自分は、やはりどこか足りなくて、歪んでいるのだろう。エミリーには、本当に申し訳がないことをした。

恥ずかしい勘違いに気が付いた後は、恋人を作ることはあっても一線を引き、結婚からは足を遠ざけてきた。

父からも早く結婚をしろとしつこく言われているが、顔を合わせないようにして上手くかわしている。


「レオナール、ぼんやりしてどうした？　もう酔ったのか？」

「ああ、まあ……そうだな。少し酔いが回ってきたみたいだ」

過去を思い出すと、胸の中に黒い靄《もや》が立ち込めるみたいだ。

レオナールはその靄を無理矢理晴らそうと、グラスのワインを一気に流し込む。

「おいおい、いいワインなんだから、もっと味わって飲んでくれよ」

「……すまないな」

「まあ、いいさ。グッと酒を呷《あお》りたくなる日もあるだろうからね。……レオナール、予言をしようか。近い将来、お前は確実にエミリーを妹としてではなく、大人の女性として見るようになるよ」

「そんなわけがあるか。エミリーはいつまで経っても、俺の可愛い妹だ。……お前こそ相当酔っているんじゃないか？」

可愛い、可愛い、エミリー……血が繋がらなくとも、上手く愛することができなくとも、幻滅されて嫌われていても、エミリーは自分の妹と同じだ。それは永遠に変わるはずがない。

彼女が困難に直面することがあれば全力で助けたい。

彼女に襲いかかる全ての悲しみから守ってあげたい。

彼女の力になりたい。

そう思っていたのに――……ヴィクトルの予言がまさか的中するだなんて、夢にも思っていなかった。

あれはレオナールの父が、事故で亡くなったときのことだ。

いつか人間は死ぬ。物心が付く前に母も亡くしているし、父も自分よりも早く亡くなるだろう。だからその際はしっかりしなければと覚悟していたし、元々父にいい感情を持っていない自分は、心を乱すことなく、上手く立ち回れると思っていた。

しかし動かなくなって屋敷に帰ってきた父を目の前にしたら、目の前が真っ暗になった。

厳しい父はいつも眉を顰《ひそ》めていて、笑ったところなどほとんど見たことがない。だが、目の前の父は眉を顰めるどころかなんの表情もない。

目の奥が熱くなって、その場に崩れ落ちそうになったところをなんとか堪えた。

父を運んでくれた者や使用人がいなくなり、父の部屋で動かなくなった父と自分で二人きりになっても、頬の肉を噛《か》みしめ耐える。

『泣くな。男が泣くなんてみっともない』

幼い頃、父に怒られたことでレオナールが泣くと、父は余計に激怒し、『早く泣きやめ』と彼が泣きやむまで叱咤《しった》し続けた。

父は自分のことが嫌いだったのだろう。

昔は父の前では泣かないようにし、部屋で一人きりになってから泣いたものだ。大人になってからは父の前でも、一人きりになっても涙を流したくなることはなくなった。

この部屋には今、亡くなった父と自分しかいない。

叱咤する者も、涙を見られてまずい者もいない。

けれど長い間泣いたことのないレオナールは、一度でも泣けば元に戻れないような気がした。

そんなことはあってはいけない。

父を亡くした今、自分が家督を継ぎ、自分の代で終わらせると決めてはいるが、存命している限りはアスカリド公爵家を守らなくてはならないのに、人前で大の男が泣き崩れ、一人の足で立ち上がることができなくなるなんて……決してあってはならない。

――皆、誰もが親を亡くす。

俺もその体験をしただけのことだ。だから、大丈夫……大丈夫だ。

レオナールは葬儀までの間、そう心の中で何度も呟きながら平静を装った。

少しでも表情を変えれば涙が流れてしまうかもしれないからと、表情を動かさないように意識する。

葬儀にはたくさんの参列者が集まった。その中にはヴィクトルとエミリーの姿も……。

「ああ、ヴィクトル、アベル、エミリー来てくれたのか。今日は父のためにありがとう」

「レオナール、大丈夫か？　さぞ辛かっただろう。私が力になる。何かできることがあれば、一番に頼ってくれ」

「……っ……レオナールお兄様、私も何かできることがあれば、なんでも言ってね……だから……だから……」

ヴィクトルとアベルとエミリー、三人も母を亡くしている。

あの時の三人は、このような気持ちだったのだな……。

今なら三人の気持ちが痛いほどわかる。

特にエミリーの気持ちを考えると、胸が潰れそうだ。大人の自分でもこんなに辛いのに、十歳の幼いエミリーはどんなに辛かっただろう。

それなのに自分は、とても酷いことを彼女にしてしまった。

「ああ、二人ともありがとう。とても心強い」

葬儀を滞りなく済ませたレオナールは、父の気配が残っている屋敷へ帰る気にはなれず、誰もいない教会の椅子に腰を下ろした。

昨日は、眠れなかった。

頭が重い……。

睡眠も取らないままずっと気を張っていたせいか、もう限界だ。

背筋を真っ直《ま》ぐ《す》にしている気力すらない。レオナールは頭を支えるように抱え、肘を膝の上にのせた。

父のことは、好きか嫌いかで言えば——正直な話、嫌いだった。自分を嫌っている人間を好きになれという方が難しいだろう。肉親だということで、なおさら憎さが増す。

それなのにどうしてだろう。今は父に優しくされた時の記憶ばかり思い出す。

一度、何気なく好きだと言った菓子を何度も買ってきてくれたこと、レオナールが熱を出した夜、一晩中傍に居てくれたこと、それから……。

「……っ……」

忘れていたことまで、どんどん思い出して止まらない。

泣くな。戻れなくなる……。

眉根に力を入れ、頬の裏を噛み占める。

この悲しみが終わるのは、一体いつなのだろう。こんなにも深い悲しみに終わりが来る日など、あるのだろうか……。

絶望のため息を吐いていると、コツン、コツンと足音が近付いて来ていることに気が付いた。

教会の関係者だろうか。

姿勢を正して顔を上げると、そこには帰ったはずのエミリーの姿があった。

「エミリー……どうしたんだ？　何か忘れ物か？」

危ない。涙を流さず、耐えていてよかった。

「……忘れてなんていないわ。だから戻ってきたの」

どういうことだ……？

エミリーの言葉の意味を汲み取ることができずにいると、彼女が身体を寄せてくる。気が付けば腕の中に包み込まれ、優しく抱きしめられていた。

温かい……。

エミリーの温《ぬく》もりが服越しに伝わってきて、レオナールは自分の身体が冷えていることに初めて気が付く。すると彼女の肩が震えだし、小さく嗚咽《おえつ》しているのが聞こえてきた。

「エミリー？」

「レオナールお兄様のことがずっと気になっていたの。一人ぼっちで辛い思いをしているんじゃないかって心配で……」

忘れていないから、戻ってきた……というのは、そういうことだったのか。

優しい子だ。エミリーは昔から優しかった。

自分が母を亡くしたときの悲しみを思い出し、レオナールもそうではないかと心配してくれたのだろう。

自分はあんなにも酷いことをしたのに――。

「ありがとう。でも、大丈夫だ。俺は悲しんでなどいない。皆、誰もが親を亡くす。俺もその体験をしただけのことだ。だから、大丈夫だ」

そう、誰もが経験することで、こんなにも動揺し、悲しんでいることを誰にも知られるわけにはいかない。

心の中で何度も自分に言い聞かせてきた言葉を口にすると、エミリーはすぐさま首を左右に振る。

「……そんな言い方しないで。まるで自分に言い聞かせているみたいだわ。大丈夫なはずないじゃない。優しいレオナールお兄様が、お父様を亡くして悲しまないはずがないもの」

図星を突かれ、レオナールはグッと言葉を詰まらせた。

気付かれていたなんて……。

「レオナールお兄様、おじさまが亡くなってから一度でも泣いた？」

「いや、大の男が涙を流すなんて、おかしなことだろう」

一度泣いたら、元の自分に戻れない気がする——とは言えなかった。するとエミリーは身体を離し、涙を拭ってレオナールの左胸にそっと手を宛《あて》がう。

「泣くのを我慢しちゃ駄目。我慢すると、ここに黒くて濁った何かが溜《た》まって苦しくなるのよ」

エミリーの小さな手が触れた場所、そこがずっと苦しくて堪らなかった。

「皆と一緒に居るときは我慢できるの。でも、部屋で一人ぼっちになった時、我慢できなくなる……。我慢するほど、その苦しみはどんどん辛くなっていくの」

ああ、エミリー……お前もこの苦しみを味わったことがあるのだな。

だからこそ彼女は、戻ってきてくれたのだ。

レオナールは胸に宛がわれたエミリーの小さな手に、自身の手を重ねてギュッと握った。

小さいのに、とても温かい。彼女が擦ってくれると、冷たかった手にどんどん体温が戻っていく。

「男性だからとか、女性だからとか、そんなの関係ないわ。悲しいときは、泣いていいと思うの。それを誰かが責めるのなら、私が守ってあげる。だから私の前では我慢しないで」

張りつめていた気が、一気に緩んでいくのを感じる。

長い間、泣いたことなんてなかった。一度泣いたら、元の自分には戻れないように感じて怖かった。けれど――……。

「……エミリー、ありがとう。すまない」

彼女が傍に居てくれるなら、きっと元に戻れる。終わりがないように思えるこの深い悲しみをいつか癒《いや》し、立ち直ることができる気がする。

『レオナール、予言をしようか。近い将来、お前は確実にエミリーを妹としてではなく、大人の女性として見るようになるよ』

涙を流すレオナールの頭の中に、ヴィクトルの声が響いた。また始まった、と……馬鹿にしていたあの一言が響く。

ああ、ヴィクトル……お前の予言は、見事に的中したよ。

◆◇◆

エミリーに気持ちを奪われてから、二年が経《た》つ。彼女は十六歳になり、レオナールは二十八歳になった。

「……で、いつ婚約する？」

二人きりになると、ヴィクトルは相変わらずエミリーとの婚約を勧めてくる。

「しないと言っているだろう。お前もしつこいな」

「まだエミリーのことを女性として見られないか？」

「ああ、見られないな。エミリーはいくつになっても、俺の可愛い妹だ」

レオナールはヴィクトルに答えながら、自分にも言い聞かせる。

エミリーを女性として見るな。エミリーは妹……俺の可愛い妹だ。

「予言は外れてしまったか……」

表情を崩さないように気を付けながら、『いや、大当たりだ』と、心の中で呟《つぶや》く。

「それよりも、最近のエミリーの服装はなんとかならないのか？　兄なら注意しろ」

「服装？　いつも通り可愛いが、何か問題でも？」

「問題大有りだ。胸元が開きすぎだろう。この前の舞踏会では、男どもがそこばかり注目していたぞ。ただでさえ可愛いくて綺麗で注目を浴びているんだ。もっと気を付けてやれ」

何度だらしなく鼻の下を伸ばしてエミリーを眺める男を発見したことか……。パートナーを連れた男でさえ見惚《みと》れていた。

「胸元が開きすぎと言っても、常識の範囲内さ。むしろ出していない方じゃないか？　現に周りのレディたちはもっと露出しているだろう？　それにエミリーの胸は随分成長したからね。しっかりと胸元が閉じたものを着たとしても目立つから、結局は見られるだろうさ。というか、別に見るくらい構わないだろう。減るものでもあるまいし」

「減らないからと言って、見せてやることはないだろう！　お前の考えは軽すぎる。全く……」

「夫になったら、注意し放題だぞ。『俺以外の男に見せてやるな』ってね」

「馬鹿を言うな」

優しくて、愛らしいエミリーが好きだ。

だけどレオナールは、彼女を手に入れたいとは思わない。彼女が幸せな一生を過ごせるように、素晴らしい人間の元へ嫁いでほしいと強く願っている。

もしも自分がまともな人間として育っていたら、エミリーと生涯を共にできた……と何度も考えたが、考えたところで願望が叶うわけではない。

彼女には、毎日笑顔でいてほしい。

辛いことがあれば、彼女の気持ちが落ち着くまで傍にいてやってほしい。

幸せ過ぎて退屈だと思うほど、幸せにしてやってほしい。

――自分ができたら、どんなによかっただろう。

胸の中で燻《くすぶ》る想《おも》いに気付かないふりをして、毎日そんなことばかりを考えている。

そんなある日のこと、アベルからエミリーがふさぎこみ、部屋からほとんど出てこないと連絡を受けた。

一体何があったんだ……？

レオナールは、すぐさま城へ向かい、まずはヴィクトルから事情を聞くことにした。突然話がしたいと押し掛けても、部屋に入れてもらえないかもしれないと考えたからだ。

エミリーがふさぎ込むことになった原因――妹の日記を盗み読みするほどのヴィクトルなら何かを知っている可能性が高い。

「エミリーが婚約？」

「近々正式に発表するつもりだが、まだ内密に頼むよ」

——ああ、とうとうこの時がきたのか……。

「それはもちろんだ。それで、相手は？」

「アンデシン国の第一王子さ。彼はエミリーと同じ歳だし、何度か会って話したことがあるが、とてもよくできた人間だ。アンデシン国はとても平和な国だし、今まで来た求婚では、一番いい話だ。エミリーは王妃として生涯幸せに暮らせるはずだよ。……ただ、完璧な人間というのはいないものだね」

「まさか、何か問題があるのか？」

「女癖が大分悪いようだね。他は申し分ないんだけど、そこだけが玉に傷だ」

正妃はまだいないが、側室が十人以上いる上に、使用人たちにも手を付けていて、おまけに男色までも好むという精力の持ち主らしい。

「エミリーがふさぎこんでいるのは、もしかして……」

「ああ、そうだよ。婚約が嫌だからさ。けれどあの子も十六歳だ。最良の相手が見つかれば嫁がせなければいけない。そうだろう？」

「それにしても気が多すぎるだろう。もっと別のいい相手はいないのか？」

「気が多すぎることだけが難点なだけで、他は素晴らしいんだ。完璧な人間なんていないのだし、妥協しないと。それに精力がないよりはましだろう」

エミリーが結婚……しかも、そのような人間と――。

「エミリーに会えるか？」

「いや、今は誰とも会いたくないそうだ。せっかく来てくれて申し訳ないが、今日のところはそっとしておいてやってくれるかい？」

「そう、だな。今日は、帰ろう。……何か変わったことがあったら、知らせてくれるか？　力になりたい」

「ああ、悪いね。そうしてくれると助かる」

いつかエミリーを幸せにしてくれる男が居たらいいと思っていた。それなのに、なぜだ。胸の中がざわめく。

もしや、嫉妬しているのか？

いや、まさか……エミリーが嫁ぐことは、むしろ望んでいたことだ。しかし癖のある人間に嫁ぐというのに、不安を覚えているからだろう。

そうだ。きっと、そうに違いない。

『泣くのを我慢しちゃ駄目。我慢すると、ここに黒くて濁った何かが溜まって苦しくなるのよ』

――それなのにどうしてだろう。葬儀の日、エミリーが触れた胸が苦しくて堪らない。

それから数日後、ヴィクトルから手紙が届いた。中を開けなくても、エミリーのことを書いているのだろうとわかった。机の引き出しからペーパーナイフを取り出す時間すら惜しく感じてしまう。中を開けると、

『エミリーがなかなか気持ちの整理を付けられずにいるから、気分転換をかねてアベルと共に旅へ行かせようと思う。旅が終わる頃には覚悟を決められたらいいんだが……』

……と書いてあった。

エミリーが辛い思いをしている――。

これで本当にいいのだろうか……。

王族に側室がいるというのは珍しくない話だが、側室が十人以上いて、使用人たちにも手を付けている上に、男色までも好むとは欲が強すぎないか？　エミリーが嫌がるのも当然だ。

俺ならエミリーにそんな思いはさせない。

「……っ」

何を考えているんだ。俺は……。

気持ちの整理を付けなければいけないのは、自分なのかもしれない……。

エミリーが出発する日、レオナールも気持ちの整理を付けようとしばらく郊外にある別荘へ

向かうことにした。

　しかし出発しようとしたその時、エミリーの二番目の兄であるアベルが転がるように屋敷へやってきた。

「レオナール兄さん、ごめん……！　一生のお願いがあるんだ！　エミリーを乗せた船がもう出港してしまうっていうのに、急な政務が入って……頼めるのは兄さんしかいないんだ！」

　エミリーと一緒に居ては、気持ちに切り替えが付けられない。しかし、今は緊急事態だ。レオナールが行かなければ、エミリーは侍女二人と共に旅をすることになってしまう。

「ああ、もちろんだ。すぐに行くから任せておけ」

　一等船室で警備はしっかりしているとはいえ、女性だけの旅など何が起きるかわからない。レオナールはすぐに港へ行き、エミリーと旅を共にすることとなった。

◆◇◆

「う……っ……ひっく……」

　遠くから、エミリーの泣き声が聞こえる。

　夢……？　どうしたんだ？　何か悲しいことでもあったのか？　それにしても、頭が痛む……。

何だ？　この痛みは……ああ、そうだ。俺は子供を助けて、不覚にも頭を少々ぶつけたんだ。

あれから……俺はどうしたんだ？

「ん……何を泣いているんだ……？」

目を開けると、そこにはエミリー……ではなく、ブルネットの髪の愛らしい女性が、泣きながらレオナールを見つめていて、目を開けた瞬間抱き付いてきた。

「………誰だ？」

「え？　誰って……」

ブルネットの髪をした女性が弾《はじ》かれるように身体を離し、青冷めた顔でレオナールを見つめる。ぼやけていた思考がだんだんはっきりしていく。

ああ、そうか。エミリーがウィッグを被っているのか。ブルネットも似合うな……。

寝惚《ねぼ》けていてエミリーがウィッグを被っていることに気が付かなかったと謝ろうとしたその時──。

「私はエミリー……あの、あなたの恋人よ」

「恋人？　お前が、俺の？」

ふざけて言っているのかと思い、改めて尋ねる。

そう尋ねれば、『冗談よ。だってレオナールお兄様ったら、ウィッグを被ったぐらいで私に気が付かないいんだもの』なんて言うに決まっていると思っていた。

「……そ、そうよ」

しかし、エミリーからは予想外の言葉が返ってくる。

「あ、あの、レオナールお兄様、もしかして記憶がないの……？」

エミリーが、恐る恐る尋ねてくる。

ああ、そうか――……。

ふざけて言ったのではない。記憶がない自分に恋人だと名乗れば、簡単に騙《だま》すことができるだろう。

実の兄同然のレオナールにこんな嘘《うそ》を吐くほど、アンデシン国の王子との結婚が嫌なのだ。

ここで頷けば、エミリーの嘘は完成だ。そうすれば、彼女と恋人になれる。

エミリーの綺麗な瞳を見ていると、頭が真っ白になっていく。


――俺も嫌だ。そんな男となど、結婚してほしくない。させたくない。


「…………ああ、そのようだ」

彼女が幸せであれば、自分のものにならなくてもいい――なんて、綺麗ごとだった。エミリーが他の男の元へ嫁ぐと聞いたら、腸が煮えくり返りそうになった。

初めてエミリーと唇を重ねた瞬間、兄としての自分は粉々に砕けた。残るのは、男としての自分だ。

エミリーが俺をただの兄だとしか思っていなくても、嫌っていたとしてもいい。エミリーを幸せにする男は、自分でありたい。他の人間に目を向ける男になど渡したくない。絶対に……！


「んっ……ぁっ……はぅっ……ン……っ……んっ……レオナール……こんな所じゃ、人に見られちゃ……っ……ぁんっ」

エミリーと身体を重ねるようになって、一週間と少しが経過した。

「大丈夫だ。声を出さなければ、気付かれない」

今夜は船のホールで舞踏会があり、レオナールとエミリーも参加していた。

恋人をエスコートしている男性も、男性従業員も、気付かれないようこっそりとエミリーを見つめていたことにレオナールが気付かないはずがない。

嫉妬に駆られたレオナールはエミリーの手を引いて人気のない甲板に連れ出し、彼女の身体を貪《むさぼ》っていた。

エミリーは手すりを両手で掴んでお尻を突き出して立ち、レオナールは彼女の身体を隠すようにその後ろから覆い被るように立って愛撫《あいぶ》している。

「こ、声……出さなければって言われても……ン……ぁっ……で、出ちゃう……んんっ……ぁんっ……」

乱されたドレスからは豊かな胸が零《こぼ》れ、レオナールの手によって淫らに形を変えていた。

元々大きかった彼女の胸は、ここしばらく性的な刺激を与え続けられていたせいか、また成長したように思える。触り心地がとてもよくて、ずっとこうしてこの感触を味わっていたい。

ツンと尖《とが》った胸の先端を指で挟んでくりくり転がすと、エミリーが一際大きな嬌声《きょうせい》をあげた。

「あんっ！」

「相変わらず感じやすいな」

「だ、だって、レオナールお兄様が……」

「ほら、また呼び方が戻ってるぞ」

責めるように胸の先端を抓《つま》み転がしながら、レオナールはドレスの中に手を入れる。汗ばんだ太腿《ふともも》をしっとりと撫でると、エミリーが息を乱す。

「ンぅ……っ……レオナールお兄……レオナール、待って。続きはお部屋に戻って、からに……」

「俺は部屋まで待てそうにない」

突きだした双丘にもう硬くなった自身を押し付けると、エミリーがビクッと肩を震わせる。

暗闇でもわかるくらい、耳や首が真っ赤だ。

「レ、レオナール……」

太腿を撫《な》でていた手を下着の中に潜り込ませて花びらの間を撫でると、そこはもうすでに甘い蜜で満たされていた。

「ぁんっ……！」

さらに深く指を差し込み、敏感な蕾《つぼみ》に触れると興奮で充血し、ぷっくりと膨れていた。蜜を纏《まと》った指で円を描くように動かすと、プリプリとした愛らしい感触が伝わってくる。

「エミリーは待てるのか？」

指を動かすたびに、クチュクチュ淫らな音が聞こえてくる。

エミリーは人に聞かれないよう必死に喘《あえ》ぎ声を堪えようとするが、どう頑張っても出てしまうらしい。

くぐもった甘い声と淫らな水音を聞いていると、欲望が痛いくらい反応してしまう。

「んっ……んぅっ……は……んっ……んっ……んんっ……」

小さな膣口に中指を挿入すると、エミリーの身体がびくりと跳ねる。もう一度待てるのか、と尋ねると、彼女は膝をガクガク震わせながら首を左右に振った。

「待てないのか……俺と一緒だな」

「だ、だって、レオナールが、こんなことするから……っ……んんっ……ぁっ……あぁっ……！」

指をくの字に曲げて、エミリーの弱い場所を押しながら抽挿を繰り返すと、絶頂が近付いているのか中の痙攣《けいれん》が大きくなっていく。

レオナールは胸の先端を少し強めに抓み、中に入れていた指をもう一本増やして抽挿を激しくした。

「ン……っ……あっ……きちゃっ……きちゃうのっ……んんっ……ふ……ぁ……っ……あぁっ……！」

エミリーはあっという間に絶頂へ押し上げられ、手すりを掴んだままその場にへたり込みそうになったが、レオナールが腰を支えたおかげで辛うじて立ったままでいる。

綺麗に結い上げられた髪はエミリーが感じて首を左右に振ったり、キスする時にレオナールが触れたせいで乱れてほとんど解けていた。

その乱れた髪や、乱れた髪の間から見える首筋が堪らなく艶やかで、さらに情欲を煽《あお》られる。

「エミリー……もう、限界だ。お前の中に、入らせてくれ……」

レオナールがエミリーのドレスをパニエごとずり上げて、下着を膝まで下ろすと、白く張りのある双丘が、月明かりに照らされた。

「あ……っ」

レオナールはベルトのバックルを外し、いきり立った自身を取り出した。血管が浮き出てパンパンに膨れ上がり、今にもはち切れそうだ。

「入れるぞ」

まだ絶頂に痺《しび》れてヒクヒク痙攣を繰り返している膣口に欲望を宛がうと、ゆっくりとエミリーの中に入れていく。

「……っ……ふ、ぁ……」

レオナールの訪れを今か、今かと待ち望んでいたように、エミリーの膣肉は彼の欲望をねっとりと隙間なく包み込んで絡み付く。

何度抱いても処女のように狭いそこはあまりにも好《よ》くて、少しでも気を抜けば、理性を失って動物のように激しく打ち付けてしまいそうだ。

海風の匂いに混じって、男女の交じり合う淫靡な香りが漂う。

「ふぅ……夜風が気持ちいいな」

「ええ、本当に……ダンスを踊っているせいもあるけれど、ホール全体が暑かったものね」

夢中になって情事を行っていると、若い男女二人の声が聞こえてくる。どうやら夜風に当たりに来たらしい。

「あっ……レオナール……ひ、人が……」

「大丈夫。暗いし、ここはちょうど死角だ、大きな声を出さなければ気付かれない」

それにもし気付かれたとしても、止められない。

それはエミリーも同じようだった。少しでも引き抜こうとすると中がそれを阻《はば》むようにギュッと締まる。

「レオナール……ぁんっ……！」

「エミリー、お前の身体を他の男に見せたくない。声……我慢してくれるか?」

エミリーの中がまたギュッと締まる。彼女は快感に震えながら、小さく頷いた。それを見届けたレオナールは、また腰を動かしていく。

「ン……んんっ……ふ……んんっ……ンっ……んんっ……」

抽挿を繰り返すたびにジュブジュブと水音が溢れ、肌と肌がぶつかり合う淫らな音が聞こえるが、幸いにも波の音がかき消してくれていて、突然現れた二人の耳には届いていないようだ。

エミリーの甘い蜜とレオナールの先走りが混じり合い、抽挿と共に掻《か》き出《だ》されて、膝まで下ろされた下着と、甲板の床に染みを作る。

やがてエミリーは大きな身悶《みもだ》えを繰り返し、レオナールの欲望をギュウギュウに締め付けながら二度目の絶頂へと達した。

レオナールは締め付ける膣内を広げるように時折根本まで挿入し、くるりと掻き混ぜながら抽挿を繰り返し、やがてエミリーの中にたっぷりと欲望の証を放った。

記憶喪失のふりをしてエミリーの純潔を奪い、その後も貪り続けるなんて、許されることではない。今までの人生の中で行ってきたことの中で一番罪深い。

ブローチの一件で、エミリーはレオナールを嫌っている。しかし優しいエミリーは、謝る必要がないのに彼に謝り、今まで通り兄として慕ってくれた。しかしいくらエミリーが優しくても、レオリールがこんな嘘を吐いていることを知れば、顔も見たくなくなるほど軽蔑するに違いない。

けれどレオナールは、もう自分の気持ちを止めることなんて絶対にできないし、やめようとは思わない。

「エミリー、部屋に戻ったら、もう一度……いいか？　今度はお前の可愛い声をたっぷり聞いて愛したい……」

レオナールに支えられながら振り向いたエミリーは頬を赤らめ、艶やかな表情でコクリと小さく頷いた。

――俺は、どんな罪を犯してでもエミリーが欲しい。自分のものにしたい。

第五章　もう絶対に諦めない

昼になると船は、次の目的地であるアゲート国へ到着していた。

街に足を踏み入れると、花畑に足を踏み入れたかのように花の香りがフワリと香る。

アゲート国の主要産業は香水だ。街の至る所に香水屋が並んでいるため、それぞれの店の前を通るたびに違う香りが鼻をくすぐる。

香水店の中でも一番人気なのが、自分だけの香りを作れる店だ。

希望の香りを選んだり、店の者に自分に似合う香りが欲しいと言えば、その場で香料を調合してくれて、世界に一つしかない香水が仕上がる。店頭にはその香水を入れる可愛らしい香水瓶も売っていて、多くの女性たちで賑《にぎ》わっている。

「うぅーん……」

どの香りがいいかしら……。

香料の入った瓶を何度も嗅いで試して悩んでいるうちに、鼻が麻痺《まひ》して香りが嗅ぎ分けられなくなってきた。

「随分悩んでいるな」

「あっ！　長くなっちゃってごめんなさい」

「いや、構わない。ゆっくり見るといい」

レオナールは優しく微笑み、エミリーの頭をそっと撫でた。袖口からは、爽やかな香水の香りがする。エミリーの大好きな香りだ。

「ありがとう。私もね、レオナールみたいに素敵な香水を見つけたいの」

そしてエミリーがレオナールをいい匂いだと思っているように、彼にもいい匂いだと思ってもらいたい。抱きしめられたり、身体を近付ける回数が多くなったからこそ、なおのこと思う。

――でも、レオナールの記憶が戻れば……この旅行が終われば、もうお互いの香りを感じることはなくなるのだろうけれど……。

「俺みたいに？」

「ええ、だってレオナールって、とってもいい香りなんだもの。私、昔からレオナールの香りが大好きなの」

「そうか。お前好みの香りなら、何よりだ」

レオナールは嬉しそうに微笑み、両手に香料を持つエミリーの髪をそっと撫でる。

「あっ！　そうだわ。ねぇ、レオナールが好きな香りを選んで？」

「せっかく自分好みの香水が作れるのに、俺の好みで作っては意味がないだろう」

「あら、そんなことないわ。だって私、レオナール好みの香りになりたいんだもの。レオナールがいい香りって言ってくれないと意味がないの」

いつもボディクリームや香水を付ける時、レオナールがいい香りだと思ってくれるかを意識して付けていた。彼が選んでくれたのなら、間違いなく彼好みの香りを身に着けることができる。

とってもいい考えだわ！

心の中で自画自賛していると、レオナールが切れ長の瞳を大きく見開き、まもなく細めた。

「ああ、わかった。だが、そんな可愛いことを言われると、この場で襲いたくなる」

「こ、ここで……っ⁉」

昨日甲板で愛し合ったことを思い出し、エミリーの顔は見る見るうちに赤くなる。

誰にも見られる心配のない閉鎖された空間で愛し合うのもいいけれど、誰がいつ来るかわからない場所で彼に求められるのも緊張感があって――……嫌い、ではなかった。

でも、こんな公衆の面前で愛し合うなんて、いくら大好きなレオナールの願いであってもさすがに無理だ。

狼狽《ろうばい》していたら、レオナールがククッと笑う。

「冗談だ」

「もう、レオナール……っ！」

抗議の意味を込めて名前を呼ぶと、まさか信じるとは思わなかったとさらに笑われて面白くない。

エミリーがぷくっと頬を膨らませて不満を露《あら》わにしていると、レオナールが耳元に唇を寄せてきた。

「俺に抱かれて乱れるお前の可愛い姿を他の人間に見せるわけがないだろう。未来永劫《みらいえいごう》俺が独り占めさせてもらう」

「……っ！」

レオナールが記憶を取り戻すか、この旅が終わればそんなことはありえないと思っていても、心臓がとんでもない音で脈打つのを抑えられない。

エミリーが真っ赤な顔で俯《うつむ》いていると、レオナールが一つの香料を選んだ。

「百合《ゆり》？」

「ああ、清楚《せいそ》で愛らしい香りで、でもどこか艶を感じる。お前にぴったりだ」

レオナールから香料の入った瓶を受け取って鼻を近付けると、彼が言うように清楚な香りがした。

こんなにも素敵な香りが、自分にぴったりだと思ってもらえるなんて嬉《うれ》しい。

百合を主役とし、ジャスミンやスミレの花の香料を混ぜていき、エミリーだけの香水ができあがった。

レオナールの瞳と同じアメジスト色の香水瓶を選び、できあがった香水を入れてもらう。

船の部屋に戻ってから試してみると、今まで使ってきた香水の中で一番好きだと思えるとてもいい香りが広がる。

「とってもいい香りだわ。レオナール、ありがとう」

「ああ、本当だな。時間が経《た》てばお前の元々の甘い香りと混じって、もっといい匂いになるはずだ」

手首に付けた香水を耳朶《じだ》の裏に付けていると、イヤリングが一つないことに気が付いた。

「あっ……！」

「どうした？」

「やだ……私、イヤリングを落としてきてしまったみたい」

髪を耳にかけて、一つだけ付いているイヤリングを見せる。

心当たりは——ああ、そうだ。香水屋に寄る前、帽子屋で香り付きの帽子を試した時に、引っかけて落としたのかもしれない。

「心当たりはあるの。私、取ってくるわね。すぐに戻るから、レオナールはここで休んでいて」

「一人でなど行かせられるか。俺が行ってくる」

「えっ！　そんなわけにはいかないわ。私が……」

あのイヤリングは姉のローラが誕生日にくれた大切なイヤリングだ。なくすわけにはいかない。早く取りに行かなくては……。

「悠長なことをしていれば、他の者に拾われてしまうかもしれない。ローラから貰った大事なイヤリングなのだろう？」

「え、ええ……じゃあ、私も一緒に……」

「ヒールで動くのは大変だろう？　一人で大丈夫だ。すぐに戻る」

「あ……待って。心当たりがあるの。さっき帽子を試しに被ったでしょう？　きっとあのお店だと思うの」

「ああ、あの店だな。わかった」

レオナールはエミリーの頬にチュッとキスし、早々に部屋を後にした。

あら？　私、このイヤリングがお姉様から貰ったものだって言ったかしら？

昨日たっぷり愛された余韻が残っていて、今朝は身支度を調えた後もまだ頭がぼんやりしていた。その時に話したのだろうか。

やだわ。覚えていないだけで、恥ずかしいことを口にしていることもあるのかも……。

ひとまず椅子に腰をおろして待つものの、レオナールに捜してもらっている間、自分だけこうして座って待つのが申し訳がなくて、そわそわして落ち着かない。

私もやっぱり捜しに行こう……！

エミリーはヒールの低い靴に履き替え、少し遅れてレオナールを追いかけて部屋を後にした。船を降りて少し先にある店先で、レオナールの姿が見えた。

「あっ……！」

レオナールの名前を呼ぼうとした時――

「アスカリド公爵」

彼のことを呼ぶ、女性の声が聞こえた。

エミリーが彼に駆け寄ろうとする足を止めると、見覚えのある人物がレオナールの前に立つ。

「ごきげんよう。まさかこんな所でお会いできるなんて思いませんでしたわ。アスカリド公爵もご旅行？」

透き通るような白い肌に、ドレスを着ていてもわかる魅惑的な身体――そして美しいブルネットの髪……。

レオナールの本当の婚約者であるコレットだ。

嘘――こんな所で、コレットさんにお会いするなんて……！

心臓が嫌な音で脈打ち、身体が震える。記憶を失っているレオナールは、コレットのことを知らない。いきなり話しかけられても、困ってしまうはずだ。助けに入らないといけないのに、足が固まって動いてくれない。

「ああ、これはレディ・コレット。このような所でお会いできるなんて驚きました。ええ、旅行です」

　え……？

「そうなんです。旅行もかねて、この国にある香水店でしか売っていない香水を使っているのでそれを購入しに」

「ああ、そうだったんですか。先日の夜会では大変お世話になりました。アジャーニ伯爵にもよろしくお伝えください」

　コレットは、レオナールに名乗っていない。それなのに彼は、どうして彼女の姓と名がわかったのだろう。

　考えるまでもない。きっと記憶が戻ったのだ。早歩きをして熱くなった身体が、氷が張った湖に突き落とされたみたいに冷たくなる。

　――ああ、とうとうこの時がきてしまった。

　愛する人に声をかけられ、愛の力で記憶を取り戻したのだ。エミリーは軽蔑され、もう二度と会ってもらえない。

　頭が真っ白になって、エミリーは踵《きびす》を返し、現実から目を背けるようにその場から逃げ去ろうとする。

「エミリー？」

　気付かれた……！

今、彼はどんな顔をしているのだろう。

軽蔑の眼差《まなざ》しを向けているのだろうか。振り向いたら、よくも自分を騙したなと蔑《さげす》みの声をあげるのだろうか。

ああ、どこまで狡《ずる》ければ気が済むのだろう。怖くて振り向けないエミリーは、一瞬だけ反射的に足を止めたものの、すぐに走り出す。

「レディ・コレット、私はこれで失礼致します。エミリー、待ってくれ！」

ど、どうして、失礼するの⁉　せっかく記憶を取り戻したのに、コレットさんと一緒に居なくていいの⁉

コレットを置いてでも、エミリーを一言罵倒しなければ気が済まないのだろうか。いや、彼の気持ちを考えたら当然だ。それでも足が止まってくれない。

どこへ逃げようというのだろう。

部屋に帰ろうにも、レオナールも合鍵を持っているし、エミリーに逃げ場所などどこにもないというのに……。

人込みに上手《うま》く紛れた後、エミリーは狭い路地に身を隠した。

ここなら誰にも見つからないだろう。

あまりに騒ぐ心臓を右手で押さえながら、目を瞑《つぶ》って一度深呼吸をする。

でも、こんな所に隠れて、どうするというのだろう……。

これからのことに絶望していると、人の気配を感じて心臓が嫌な音を立てた。
え……？

恐る恐る目を開くと、見るからに粗末な布地で作られた派手な服に身を包んだ柄の悪い男二人が、じとりと値踏みするような視線でエミリーを上から下まで眺めている。

「あ……」

エミリーは足を踏み入れてはいけない場所に来てしまった……と瞬時に悟り、すぐに踵を返そうとしたが、男たちが動く方が早かった。

前と後ろに立たれてしまい、エミリーは進路を阻まれてしまう。

「あんたがステファニー？　随分と身なりがいいな。貴族みたいじゃねーか」

「え？　い、いえ、私はエミリーで……」

「エミリー？　おかしいな。ステファニーって聞いてたんだけど、覚え間違えたかな。……まあ、名前なんてどうでもいいか」

どうやら誰かと勘違いしているようだ。

「親に売られるなんて、可哀想にな。まぁ、恨むなら親を恨めよ」

親に売られる……？

とんでもない人違いだ。早く誤解を解かなくては……。

「いえ、違います。私はたまたまここに来ただけで、人違いです！」

「おっと、今さら怖気《おじけ》づくなよ。……にしても、あんた、すげぇいい女だな。絶対売れっ子になるよ。……でも、あんた素人だろ？　店に出るには、それなりの練習が必要だよな」

「ああ、そうだな練習は大事だ」

男たちがジリジリと迫ってきて、エミリーは後ずさりする。しかし狭い路地裏では、すぐ背中に壁が当たってしまう。

彼らから香る体臭と混じったきつい香水の匂いや、ねっとりと舐めるような視線が、吐き気を催すほど気持ちが悪い。

「で、ですから、違います！　私はエミリー・オージェです。あなたたちの探しているステファニーさんではありません。人違いです！」

「ん？　なんかどっかで聞いたことのあるような名前だな。つーか、あんた本当にステファニーじゃないのか？」

「ステファニーだろうとエミリーだろうと、どうでもいいって。こんないい女、滅多《めった》に味わえねぇよ。早くやっちまおうぜ。俺、一番！」

男たちの手が伸びてきて、エミリーはビクリと身体を引きつらせる。

「嫌……っ……触らないで！」

大声を出したつもりなのに、声が震えて虫の羽音のように小さな声しか出ない。

逃げ出したいのに膝が震えて言うことを聞いてくれない。それに動かせたところで、男二人の身体で進路を阻まれている。

こんな人気のない路地裏、声を出したって気付いてもらえるかわからないのに、誰にも気付かれるわけがない。

レオナールに酷《ひど》い嘘を吐《つ》いた罰だろうか。だからと言って、こんな罰はあんまりだ。

レオナール以外の人に触られるなんて、絶対に嫌よ……！

思わずギュッと目を瞑ると、大好きな香りが鼻腔《びこう》をくすぐった。

え……!?

そんなはずはない。だって人込みに紛れて逃げこんだ。こんな所に隠れているだなんてレオナールはわからないはずだ。

「その手を変な方向に曲げられたくなければ、すぐに引っ込めることだ」

目を開けると、そこにはレオナールの姿があった。

本当にレオナール……？

どうしてここがわかったのだろう。

「は!?　なんだお前っ」

驚いた男たちはエミリーに伸ばした手を咄嗟《とっさ》に引っ込めたが、その手をレオナールに掴まれ、背中の方へ捻じられてしまう。

「い、痛ててて！　引っ込めたのに掴むのかよ！」

「ああ、あまりに腹が立って、ついな。もう二度と悪さができないように、このまま折ってやりたいぐらいだ。この方はスティルバイト国の第二王女、エミリー姫だ。お前たちのような者が触れていいものではない。指一本でも触れてみろ。生まれてきたことを後悔するほどの苦痛を与えた後に、その首を飛ばしてやるぞ」

鋭い眼光と共に恐ろしい言葉を浴びせられ、男たちは「ひっ」と小さな悲鳴を上げた。レオナールが掴んだ手を離すと、脱兎《だっと》のごとくその場から逃げ出す。

「エミリー、大丈夫か?」

「え、ええ……助けてくれて、ありが……とう」

エミリーはレオナールが記憶を失った後、名前は口にしたが、自分がスティルバイト国の姫だとは言っていない。

やはりレオナールは、記憶を取り戻したのだ。

「あ、の……どうして、ここがわかったの?」

「どんなに人込みに紛れてようとも、お前の姿を見失うはずがない。それにお前が通った後は、いい香りがするからな」

「あ……」

そうだ。香水を付けたばかりだった。

レオナールが来てくれなかったら、今頃どうなっていただろう。きっと……いや、確実に想像したくもない結果になっていたはずだ。

あまりのおぞましさに身震いをしていると、レオナールの手がエミリーに伸びてきた。

「……っ！」

叩《たた》かれるのではないかと思ってビクッと肩を震わせ、ギュッと目を瞑った。するとレオナールはエミリーの髪を耳にかけ、なくしたイヤリングを耳に付ける。

「お前の言う通り、帽子屋にあった。試した帽子に引っかかっていたようだ」

「あ……ありがとう。あの……」

エミリーが言葉を紡げずにいると、レオナールが先に口を開いた。

「なぜ、逃げた？」

「……っ……ごめんなさい……あの……」

ようやく謝罪を口にできた。でも、謝って済む問題ではない。次に出す言葉が見つからない。

レオナールはそんなエミリーを真《ま》っ直《す》ぐに見つめている。

どんな顔をして……どんな目をして……私を見ているの？

エミリーは怖くて、レオナールの顔が見られない。

「私、その、レオナール……じゃなくて、レオナールお兄様、記憶が……んっ……!?」

するとレオナールはエミリーを壁に押し当て、唇を奪った。

両手を片手で一纏《ひとまと》めに拘束し、足と足の間に膝を入れられ、エミリーは身動き一つ取れない。

どうして……？

記憶が戻ったのに、どうして酷い嘘を吐いたエミリーにキスなんてしてくるのだろう。

「んっ……ふ……んんっ……んっ……んぅ……っ……んんっ……」

いつもの優しいキスとは全然違う。荒々しく貪るようなキスだった。

どうしていいかわからず舌の動きに応えることができない。ただ求められるままに、奪われるままに、長いキスは続く。

何度も経験を重ねた身体はキスだけでも反応して、下着の中は甘い蜜で溢れ返っていた。膝がガクガク震えて、とうとう力を入れていられなくなる。

腰が抜けたものの、レオナールの膝に支えられて床にへたり込みはしなかった。しかし疼《うず》き始めていた秘部が膝に圧迫されて、こんな時だというのに感じてしまう。

レオナールもそのことに気が付いているのか、時折膝を左右に動かすものだから、動かされるたびにビクビク身体が跳ねてしまう。

「『お兄様』を付けないで呼んでほしいと言った」

「……っ……ど……して……」

「恋人だからだ」

そのこともどうして？　と聞きたい。

でも一番に聞きたいことは、なぜ記憶が戻ったのに、エミリーにキスをするのかということだ。しかし呼吸が乱れ、舌がまともに動かせないせいで上手く言葉が紡げない。

「あの男たちに、どこを触れられた？」

秘部を圧迫している膝を上下に揺さぶられ、エミリーは外なのに甘い喘ぎを漏らしてしまう。

「ぁんっ……どこも、触られてないわ……レオナールお兄様が助けて、くれたっ……から……」

レオナールは安堵《あんど》の表情を見せながらも、膝を動かすことをやめようとしない。

「や……んんっ……だ、だめ……待って……んっ……こ、れ以上は……っ……ひぁっ……あっ……あぁんっ――……！」

膝を左右にグリグリ動かされ続けて刺激を与えられたエミリーは、こんな時だというのに達してしまう。

どうして、こんなことするの……？

レオナールは腰が抜けて一人では立てないエミリーを横抱きにすると、そのまま船へ戻る道を歩く。

「待って……二人で、戻るの？」

コレットを放って、二人で？

「嫌だと言っても、離してやるつもりはない」

最低な嘘を吐いたエミリーと一緒に居るのが嫌なのは、レオナールの方ではないのだろうか。

混乱しながらもまともに歩けないエミリーは、レオナールの行動に従うしかない。

公衆の面前で揉めるわけにはいかないからと、部屋に帰って嘘を責めたてるつもりなのだろうか。うん、そうよね……。

きっとそうに違いない。それ以外、婚約者のコレットを放って、エミリーと一緒に部屋へ帰る理由が見つからない。

しかしレオナールは、エミリーの予想とは全く違う行動を取った。

「きゃ……っ!?」

レオナールは部屋に戻るなりエミリーを寝室へ連れ込み、ベッドに組み敷いた。靴が脱げて、床にゴトンと鈍い音を立てて落ちる。

「嘘を吐いていてすまない。だが、お前がどんなに俺を嫌いでも、失望しても、軽蔑しても、俺はお前を手放すつもりはない。他の男になどやらない」

「え……?」

それは、一体どういう意味なのだろう。

嘘を吐いていたのも、嫌われるのも、失望されるのも、軽蔑されるのも、全部エミリーのはずだ。

どうして……?

レオナールは胸元を飾っていたクラヴァットを解くと、狼狽して目を丸くしているエミリーの両方の手首を一纏めにして頭の上に押さえ付け、強引に唇を奪った。

「あっ！　えっ？　んんっ……！」

どうして、キスしてくれるの……？

ドレスを乱され、豊かな胸元を露わにさせられた。

エミリーが感情をぶつけるような荒々しいキスに翻弄されて身悶えすると、白い胸が淫らに揺れる。

「……っ……ン……っ……んんっ……！」

無骨な指が下着の中に侵入し、花びらの間を指で刺激し始めた。

すでに濡《ぬ》れているそこは、指が動くたびにグチュグチュと淫らな音を立てる。

「んっ……んんっ……んっ……ふ……んんっ……」

いつもより強引で、乱暴な触れ方——でも、とても気持ちがいい。快感のあまり目には涙が滲《にじ》み、指の動きに合わせて身体がガクガク震える。

「はぁ……ン……ぅ……」

レオナードの唇が離れていく。

「もう、こんなに濡らして……心は嫌っていても、身体は好きでいてくれているようだな」

頭がぼんやりしていて、レオナードがどんな顔をしているか、怖いから見ないようにしようと思っていたことをすっかり忘れ、真正面から彼の顔を見てしまう。

熱を灯《とも》したアメジストの瞳が、真っ直ぐにエミリーを見つめている。けして軽蔑しているような眼差しには思えない。

「あ、の……ま、待って……」

「お前が嫌がっても、やめるつもりも、離すつもりもない。諦めて、俺のものになれ」

敏感な蕾をこねくり回され、エミリーはビクビク身悶えしながら首を左右に振る。髪が乱れて、せっかく付けてもらったイヤリングがまた片方取れた。

「……っ……違うのっ……嫌がるわけ、ないわ……そうじゃなくて……私、のこと……抱いて、くれるの？　レオナールお兄様は、私のこと、嫌いになったんじゃないの？」

エミリーは息を乱しながらも、必死に言葉を紡ぐ。するとレオナールが、切れ長の瞳を大きく見開いた。

「俺がお前を嫌う？　そんなことあるわけがないだろう。……ん？　嫌がるわけがない……と言ったか？」

「嫌うわけがない？　どうして？　だって、私、酷い嘘を吐いたのよ？　記憶が戻ったのなら、わかるでしょう？」

お互いに首を傾《かし》げて、質問に質問で返すことを繰り返す。

「……酷い嘘なら、俺の方が上回る」

「上回るって、レオナールお兄様も嘘を吐いていたってこと？」

「ああ、記憶喪失になったなど嘘だ。記憶をないふりをしていたが、失った記憶など一つもない」

「へ？　え？　……ええ⁉」

あまりに驚きすぎて、声が思い切り裏返った。

「で、でも、目が覚めた時、私を誰かわからなかった……わよね？」

あの時のレオナールは本当に不思議そうな顔をして、演技をしていたようには思えなかった。

「あの時は寝惚けていて、本当にわからなかった。ウィッグを被っているなんて思わなかったからな」

「あ……」

確かに見知った人間の髪色がいきなり変わっていたら、誰かわからなくなってもおかしくない。寝起きならばなおさらだ。

記憶喪失ではないなら、『あなたの恋人よ』だなんて言われた時のレオナールはどう思ったのだろう。

は、恥ずかしい……！

ヴィクトルに日記を見られた時よりも、ずっと恥ずかしかった。

「……っ……じゃあ、どうして言ってくれなかったの？」

「記憶喪失ということにしておけば、お前と恋人になれると思った。この絶好の機会を逃せない。逃すものかと思った」

　その言い方では、まるでレオナールがエミリーの恋人になりたかった……というように取れてしまう。

「コレットさんがいるのに……どうして？」

　恐る恐る質問すると、レオナールの切れ長の瞳が丸くなる。

「なぜここで、レディ・コレットが出てくる？」

「え？　だってコレットさんと……こ、婚約……しているのでしょう？　年内にはもう結婚するって……」

「婚約？　なぜ、そうなる。彼女とは面識はあるが、婚約などしていない」

「え……!?」

　い、一体、どうなっているの？

　確かにヴィクトルから、レオナールとコレットが婚約したと聞いた。聞き間違い……？　いや、そんなはずは絶対にない。

「社交界ではそのような噂《うわさ》が流れているのか？」

「噂になっているかは、わからないわ。でも、ヴィクトルお兄様から聞いて……もう私、レオナールお兄様を好きでいるのはやめなくちゃって思って……」

「ヴィクトルから？」

「え、ええ」

「あいつ……」

エミリーが頷《うなず》くと、レオナールは眉を顰《ひそ》めて口を結ぶ。何かを考え込んでいるようだ。

「……エミリー、アンデシン国の第一王子と婚約するのか？」

「え？　いえ、違うわ」

アンデシン国の第一王子……何度か外交で顔を合わせたことはあるが、婚約だなんて初耳だ。

「ずっとふさぎこんでいたのは、アンデシン国との婚約が決まったからではないのか？」

「ど、どうして、そうなるの？　私がふさぎこんでいたのは、レオナールお兄様がコレットさんと婚約したって聞いたからよ。初めて失恋して、この気持ちをどうしていいかわからなくて、それで……でも、違うの？」

「……なるほど、そういうことか」

エミリーがいまいち事態を把握できず、首を傾げていると、レオナールが下着の中に潜り込ませていた手を引き抜き、一つ一つ丁寧に説明してくれた。

エミリーがレオナールとコレットが婚約をしたと聞かされていた同時期に、レオナールはエミリーとアンデシン国の第一王子が婚約すると聞かされていた。それらは全て嘘だということ。

この旅はレオナールが提案し、アベルの働きによりエミリーとレオナールの旅になったということ。しかもなぜか、二人同じ部屋になっていたということ。

そして普段からヴィクトルは、レオナールとエミリーとの結婚を強く望んでいたということ。それらを総合して考えると、二人の精神を窮地に追い込んだところで、船という閉鎖的な場所に閉じ込めれば、関係が進むのではないか？　というヴィクトルの策略だろうと推理した。

エミリーはようやく事態を把握したものの、混乱は治まらない。するとレオナールが、チュッと唇を重ねてきた。

「ど、うして……キス、してくれるの？」

「お前が好きだからだ」

嘘《うそ》……！　レオナールお兄様が、私のことを……好き？

自分の都合にいいように、幻聴を聞いているのではないだろうか。

でも確かにレオナールの唇は動いているし、エミリーを見る彼の視線はとても情熱的だ。幻聴とは思えない。

「初めは血が繋《つな》がっていなくとも、大事な妹としか思っていなかったんだ。だけどお前が成長するにつれて、女性として好きになっていた」

「そんな風には、全然見えなかったわ。だってレオナールお兄様は、いつだって私を子供扱いして……」

「悟られないようにしていたんだ。お前がまさか異性として俺に好意を持ってくれているなんて思っていなかったし、そもそも嫌われていると思っていた。それ以上に俺は異常だからな。

お前を幸せにしてやれないのだから、両想いになりたいとは考えなかった。お前がいつか、他の男と幸せになれることをいつも願っていた」

「な……っ……嫌いって……異常って、どういうこと？」

レオナールを嫌いな素振りなんて、一度もしたことがない。なぜそのような誤解に至ってしまったのだろう。それに異常とは一体どういうことなのだろう。

「俺の家は簡単に言うと、いつも争いが絶えない。歪《いびつ》で、とても異常な家族だった。そこで育った俺は、お前の家族に出会うまではそれが普通だと思いこんでいた。そんな家で育った俺も、普通ではない。家庭を持ったとしても、普通だと思い込んで異常なことをして家族を傷付けてしまうだろうと、結婚し、家庭を持つことは諦めていたんだ。だからお前が好きでも、関係を進展させるつもりは全くなかった」

「そんな！　レオナールお兄様は、異常なんかじゃないわ！　私や人を傷付けたりなんてしない！」

「いや、現に俺はお前を一度、傷付けている」

「え？　傷付けているって……いつ？」

身に覚えが、全くない。レオナールに救われたことはあっても、傷付けられたことなんて一度もないはずだ。

「王妃――お前の母が亡くなった時のことだ。お前は王妃の形見であるブローチを壊してしまって、酷く落ち込んでいて……俺は無神経にも、似たようなブローチをお前に渡した」

「あっ……」

『代わりになんてならないわ！　あのブローチはお母様のブローチだもの！　代わりになるものなんてないわ！　レオナール兄様なんて嫌いよっ！　大嫌い……っ！　もう帰って！』

もしかして、あの時のことを言っているの……？

「違うの！　あの時のこと、ちゃんと謝らなくちゃって思ってた……レオナールお兄様、あの時は本当にごめんなさい。大嫌いだなんて言ったのは嘘よ！」

「いや、本当に俺がいけないんだ。俺が異常だから、お前の気持ちを汲《く》み取《と》ることができずに、傷付けてしまった」

「違う！　レオナールお兄様は異常なんかじゃない！　お母様を亡くした悲しみで、おかしくなっていたの。あの時酷いことを言ったのは、悲しみを紛らわすための最低な八つ当たりだわ！　あの時は悲しかったけれど、私……嬉しかった。お母様のブローチとそっくりなブローチを探すなんて、とても大変だったでしょう？私のために大変な思いをして見つけてくれたこと、本当に嬉しかったわ。異常だなんて、悲しいことを言わないで。レオナールお兄様は異常なんかじゃないわ。レオナールお兄様は、誰よりも優しい……そんなあなただから、私はあなたが大好きなの」

感情を昂《たか》ぶらせたエミリーは瞳からポロポロ涙を流しながらも、レオナールを真っ直ぐに見て話す。

「お前が婚約すると聞いて、胸がどうしようもなく苦しくなった……お前が俺を記憶喪失だと勘違いした瞬間、もう止められなくなった。どんなに異常だとしても、お前を幸せにする男は俺じゃないと嫌だ。他の男になど渡したくない。……こんな嘘を吐く男は、嫌いになったか？」

不安そうに尋ねられ、エミリーはすぐさま首を左右に振る。

「嫌いになるわけないわ！　それに私も酷い嘘を吐いたわ。……レオナールお兄様がコレットさんと婚約してるって聞いて、諦めなきゃって思ったけれど、でも、どうしても駄目で……レオナールお兄様が記憶喪失になったって思った時、とても心配したけれど、それ以上に今なら私がコレットさんの代わりになれるかもしれないって、最低なことを考えたの」

言葉にすると、本当に最低だ。薄暗くて、ドロドロしていて……魚が住めないぐらい濁ってしまった湖のようだ。

激しい自己嫌悪に苛《さいな》まれ、エミリーの瞳からは涙がこぼれていた。

「……き、嫌いに、なった？」

「そんなわけないだろう。好きだ。この気持ちが深まることがあっても、嫌いになることなどない」

レオナールにクラヴァットを解いてもらったエミリーは、その手で思いきり彼に抱き付いた。

「私も……好き……っ……大好き……私が幸せになるのは、レオナールお兄様の傍にいることなの。レオナールお兄様が居ないと幸せになれないの……っ！」

レオナールもすぐさま抱き返してくる。今までで一番強く、苦しいと思うほどの力だ。

「ああ、俺が幸せにする。誰にも渡さない。俺は捻《ひね》くれていて、普通の人間に比べたら異常かもしれない。だが、お前を誰よりも幸せにしてみせる。だからエミリー、俺の妹ではなく、妻になってくれ」

大粒の涙を流しながら頷くと、唇を深く重ねられた。今までで一番優しくて、甘いキス――心にまでキスされたみたいだ。

「……っ……また、レオナールって……呼んでもいい？　この指輪、返さなくてもいい？」

左指の薬指にある指輪を見せると、レオナールが微笑《ほほえ》んで指輪の上からチュッと唇を押し当てる。

「当たり前だ。……さっきは乱暴にしてすまない。手首まで拘束して……怖がらせたか？」

「ううん、怖くないわ」

「気を遣わずに本当のことを言っていいんだぞ？」

「本当なの。乱暴なレオナールも格好良くて、ドキドキしちゃった……」

正直に感じたことを離すと、レオナールが切れ長の瞳を丸くし、やがて笑い出す。

「では、また両手を結び直した方がいいか？」

「そ、それは嫌っ！　レオナールを抱きしめられなくなっちゃうもの」

「ああ、お前に抱き付いてもらえなくなるのは困るな」

ちゅ、ちゅ、ちゅ、とお互いの唇の感触を楽しむようにキスを交わしながら、強く抱きしめ合う。苦しいくらいの力具合が心地いい。

「さっき付けた香水が馴染《なじ》んできたみたいだな。お前の香りと混じって、すごくいい香りだ」

「ン……本当？」

「ああ、ずっと嗅いでたいぐらいだ」

レオナールはエミリーの胸元のボタンを開いて谷間にキスをしながら、高い鼻を擦り付ける。

「ぁんっ……ふふ、くすぐったいわ」

「……と、せっかく見つけてきたイヤリングをまたなくしてしまっては大変だな」

レオナールは落ちたイヤリングを拾い、まだ耳朶に付いている方も取って、サイドテーブルに置いた。

「記憶喪失じゃなかったから、お姉様から貰った大切なイヤリングってことを知っていたのね」

「あ、そうだな。咄嗟になると、詰めが甘かったな」

「頭を打った次の日に、私が起きる前にお医者様に診てもらったっていうのは？」

「あれも嘘だ。お前に付いてきてもらっては、記憶喪失になどなっていないとわかってしまうからな」

「ふふ、そうだったのね」

エミリーが身体を起こすと、レオナールは苦笑いをしながらネックレスやブレスレットも取ってくれた。

「今までは偽の婚前旅行だったが、これからは本当の婚前旅行だ」

エミリーがはにかみながら頷くと、レオナールが深く唇を重ねてくる。

「ん……ぅ……んっ……んんっ……ふ……」

レオナールは深く甘いキスをしながら、エミリーのドレスを乱していく。

どうして同時にできるのかしら……。

エミリーもレオナールの服を脱がせてあげようとするが、巧みなキスに夢中になってしまい、ドレスを脱がされ、コルセットや下着を外されても、ジャケットのボタンを一つ外すのがやっとだった。

「俺の服も脱がせてくれていたのか？」

彼はしっかり服を着ているのに、自分は無防備な生まれたままの姿になってしまって恥ずかしい。両手を交差させて胸を隠してみるものの心許《こころもと》なくて、羞恥心は刺激されたままだ。

「でも、ボタン一つだけしか外せなかったわ。どうしてレオナールは、キスしながら私のことを脱がせられるの？」

しかも女性の服や下着の方が、男性のものよりも脱がせにくいはずなのに、レオナールはどうしてこんなにも器用なのだろう。

「さあ、どうしてだろうな。キスもしたいし、裸も見たいし、色々したい。必死だからできるのかもしれない」

ペロリと舌なめずりしたレオナールは、エミリーの首筋にチュッとキスを落とす。

「ん……っレオナールは、器用だわ……」

「お前の方が器用だろう。いつもあんなに美味しいお菓子を作ることができるなんてすごい。プロも顔負けだ」

「私の腕が上達したのは、レオナールに食べてもらいたくて始めたことだからだわ。レオナールに食べてもらえなかったら、きっととっくにやめていたと思うの」

「俺がきっかけ？」

「ええ、レオナールの『美味しい』って笑う顔が見たくて……レオナールに褒めてもらいたくて、始めたことなの」

……と、とうとう言っちゃったけど、今さら恥ずかしくなってきたわ。

気恥ずかしさのあまり言わなければよかったと顔を真っ赤に染めてしまうと、レオナールの表情が嬉しそうに綻ぶ。

「そうか。嬉しい。また作ってくれるか？」

恥ずかしいし、照れくさいけれど、レオナールが喜んでくれたのなら嬉しい。

「ええ、もちろんだわ」

はにかみながら頷くと、レオナールの顔がさらに嬉しそうになった。今度お菓子を作る時は、城のキッチンではなくて、彼の屋敷のキッチンなのだと考えたら、ドキドキしてしまう。

「せっかくだし、お前が脱がせてくれるか？」

「え、ええ……」

胸から手を離して、ジャケットの二つ目のボタンに指を伸ばす。すると同時にレオナールの手が、エミリーの胸に伸びてきた。

「ぁっ……！」

大きな手に形を変えられると、ボタンを外す手が止まってしまう。

「ゃんっ……！　レ、レオナール、だめ……動かないで、待っていて……」

「嫌だ。触りたい」

「そ、そんな……ぁんっ……んんっ……」

先ほど一度達しているせいだろうか。いつも以上に身体が敏感になっている気がする。

……いや、それだけではない。

両想いだってわかって、本当の恋人になれたから、気持ちが高ぶっているのかもしれない。感触を楽しむようにふにゅふにゅと揉《も》まれるだけで、大げさなくらい身体が反応してしまう。

ようやくジャケットのボタンを全て外し終える頃には、手の平を押し返すくらい胸の先端が硬くなっていた。

「今日はいつも以上に感じやすいな？」

息を乱しながらジャケットを脱がせていると、胸を可愛がっていたレオナールの指が背中をツツッとなぞった。

「ひゃんっ……！　も……レオナール……だめだったら……」

しかしレオナールは、エミリーの身体に触れるのをやめようとしない。尖《とが》った先端を指先で転がされると、腰がガクガク震えてしまう。

「ほら、手がとまっているぞ？」

「も……意地悪……っ！」

エミリーは愛撫《あいぶ》に感じながらも、次はレオナールのシャツのボタンを外していく。胸の先端が見えると、ドキッとする。

「エミリー、どうかしたか？」

「レオナールも、ここ……触られたら気持ちよくなれる？」

シャツを脱がせてる時もそこから視線が離せない。好奇心が湧いて指先でわずかに触れるとレオナールが少しだけ身体を揺らす。

「ん……くすぐったいな」

「それだけ？　気持ちよくはない？」

レオナールの愛撫の仕方を真似《まね》して、エミリーも彼の胸の先端を指先で撫《な》でてみる。

「なんというか……っ……こ、こら、エミリー……っ……ん……」

レオナールの頬が少し紅潮し、慌てた様子でエミリーの手を掴む。くすぐったいから？　それとも気持ちがいいから？

自分が気持ちよくしてもらえるように、レオナールにも感じてもらいたい。でも手は掴まれていて、使えない。

はしたないと、呆《あき》れられてしまうだろうか……。

不安になるものの、彼をどうしても気持ちよくしたかったエミリーは、レオナールの先端に顔を近づけ、チュッとキスしてみる。

「……っ……！　エミリー……待て、これ以上は……」

レオナールがそうしてくれるように、舌を使ってみようとした瞬間――エミリーは彼に押し倒されていた。

「ご、ごめんなさい。はしたないって、呆れた……？　私、レオナールにも気持ちよくなってもらいたいって、調子に乗ってしまって……」

せっかく両想いになったのに、もう嫌われてしまうのかと怯《おび》えていたら、レオナールの瞳には呆れの色は見えない。

「はしたないなどとは思っていない。だが、それ以上触られたら、こっちが持たない」

「こっち？」

エミリーが首を傾げていると、レオナールがベルトのバックルを外し自身を取り出す。それはすでに立ち上がっていて、重たげな頭はお腹《なか》に付きそうなほど持ち上がっていた。

レオナールはエミリーの手を操って、自身の硬くなった欲望へと導く。

「あっ……」

指先に淫らな感触が伝わってくる。彼の欲望ははち切れそうなほど大きくなっていて、とても硬い。

「これ以上お前に責められたら、入れる前に出かねない」

「駄目なの？　その、出ちゃったとしても、私、レオナールが気持ちよくなれるなら……」

空いている方の手をレオナールの胸の先端に近付けようとしていると、エミリーは足を大きく持ち上げられてしまう。

「きゃあっ⁉」

両膝頭が左右の耳の横にくっつくほど足を折り曲げられ、エミリーは蜜で満たされた秘部どころか後ろの窄《すぼ》まりまでレオナールに晒《さら》すこととなった。

「や、やぁ……レオナール、こんな格好……っ……は、恥ずかしい……」

　起き上がりたくても、膝裏を押さえられていて身動きが取れない。

「悪戯をする子には、お仕置きだ」

　レオナールはあられもない恰好《かっこう》をしたエミリーの花びらの間に舌を潜り込ませ、敏感な蕾《つぼみ》を舐め転がし始めた。

「ひぁっ⁉　あっ……んんっ……や……ぁんっ……ぁっ……あっ……だ、だめ……こんな、恰好のまま……やぁっ」

　恥ずかしい……。

　本当に恥ずかしいのに、気持ちがよくて堪《たま》らない。膨れた蕾を舌でプリプリ転がされると、膣口から蜜が溢れ返る。

「……っ……ん……ぁんっ……」

　窄まりまで蜜が垂れる感触さえも快感に変えて、エミリーはあられもない恰好のまま盛大に感じてしまう。

　舐められるたびに身体はとろけそうなのに、蕾はもっと刺激を感じられるというように、どんどん硬くなっていく。蕾をジュッと音を立てて吸われると、絶頂の前兆を感じることなく、あっという間に達してしまう。

　これではお仕置きじゃなくて、ご褒美だ……。

「あっ……あっ……あっ……──……っ……ひぁ──……っ！」

　レオナールは舌を丸めて、絶頂に痺《しび》れて収縮を繰り返している膣口に挿入する。舌が入ってくると、中を満たしていた蜜が溢《あふ》れた。レオナールは唇でそれを受け止めてジュルジュル音を立ててすすりながら、ズポズポ抽挿を繰り返す。

「ふぁ……っ⁉　あっ……だめ……っ……ぁんっ……あぁんっ……！」

　舌や指では届かない場所が疼き出して、レオナールがいくらすすっても蜜がどんどん溢《あふ》れ出《だ》して、受け止めきれないものが窄まりへ垂れていく。

　エミリーがそれからまたもう一度達すると、レオナールはようやく挿入していた舌を引き抜いて顔を上げ、絶頂に痺れて涙ぐむエミリーを満足そうに眺めた。

「いい眺めだな？」

　蜜に濡れた唇をペロリと舐《な》めて、レオナールは少しだけ意地悪な口調で囁《ささや》いてくる。

「も……レオナールの意地悪……っ！」

　こんなに恥ずかしいのに、羞恥すら刺激になっているみたいだ。いつも以上に身体の奥が疼いて、早く彼の硬いモノで奥を突いてほしくて切ない。

「意地悪のつもりでしたのではない。お前の反応が可愛いから、つい色々したくなる」

「それを意地悪って言うと思うの……」

「そうか。俺は意地悪だったのか。……嫌いなったか？」

「意地悪なレオナールも好き……」

　レオナールはエミリーの腰の下に枕を入れてそのままの体勢で固定すると、彼女に覆い被さり、興奮で赤く膨れ上がった先を宛《あて》がう。

「ぁっ……こ、このままの体勢で、するの？」

「辛いか？」

　エミリーは欲望を宛がわれる感覚に肌をぞくぞく粟立《あわだ》たせながら、首を左右に振る。むしろ寸止めをされているこの状態の方が辛い。

　早く……早く……レオナールが欲しい……。

「……っ……大丈夫……だから、レオナール……は、早く……来て……？」

「どこでそんな誘い方を覚えてきたんだ？　ただでさえ働かない理性がなおのこと働かなくなる……」

「え？　誘い？　……っ……あっ！　ふぁ……っ……」

　太い切っ先が狭い膣口をめいっぱい広げ、一気に中まで入ってきた。頭が真っ白になって、言葉を紡ぐことができなくなってしまう。体勢のせいだろうか、いつもより深くレオナールを感じる気がする。

　レオナールがゆっくりと抽挿を繰り返し始めると、背筋を通って待ち望んでいた刺激が全身に広がり、エミリーは淫らな嬌声《きょうせい》をあげた。

「ぁんっ……ぁっ……はぅっ……んっ……んんっ……ぁんっ……ひぁっ……ぁんっ……あぁんっ……！」

最奥にレオナールの膨らみがゴッゴッ当たるたび、おかしくなりそうなほどの快感が襲ってくる。

「はぁ……エミリー……すごいな。ヌルヌルで……俺のに、絡む……」

「ぁっ……ぁっ……レオナール……深……ぃ……っ……深い……のっ……」

「痛いか……？」

ゆっくりと抽挿を繰り返されるたび、彼のが最奥にゴッゴッといつもより強く当たる。

痛くはない。でも、あまりにも好《よ》くておかしくなりそうだ。エミリーは豊かな胸を上下に揺らしながら、身悶《みもだ》えを繰り返す。

「だ、大丈夫……っ……でもっ……でも……っ……ぁんっ……ふぁっ……んんっ……ぁんっ……ひぅっ……」

「……ああ、気持ちがいいのか？　中だけじゃなくて、尻の穴までヒクヒク蠢いてるぞ」

「へ……!?　や……やぁ……っ……そんなとこ、見ちゃだめぇ……っ……！」

窄まりを隠そうと手を伸ばすものの、奥に当たるたびに激しい快感が襲ってきて力が入らなくなり、なかなか隠せない。

「恥ずかしいのは我慢すると前に言っていただろう？」

「そ、それは……」

確かに言ったけれど、そんなところを見られるだなんて思わなかった。

「恥ずかしがらなくても、可愛いから大丈夫だ」

「……っ……そ、んなところ……可愛いわけない……もの……」

「可愛いさ。後ろの穴だけじゃなく、お前は全部可愛い。興奮して染まる頬も、ぷっくりとして柔らかい唇も、白くて綺麗な感じやすい胸も、小さいのにすごく敏感な陰核も、俺のを受け入れてくれている狭くてヌルヌルしたこの中も……全部可愛くて、愛《いと》しい」

レオナールは指先で敏感な蕾を転がしながら、抽挿を激しくしていく。ジュブジュブと舌とは比にならないほどの音と共に、強い快感が押し寄せてくる。

「あっ……!? そ、そこ、触っちゃ……ぁン！……んんっ……んぅっ……ぁっ……き、来ちゃう……っ……ぁっ……レオナール……また、きちゃう、の……」

「ああ、何度でも達ってくれ……お前をもっと気持ちよくさせたい……俺に感じている顔が見たい。見せてくれ」

レオナールは敏感な蕾を指と指の間に挟み、だんだん狭めていきながら上下に擦る。それと同時に最奥をゴツゴツ突かれるとお腹の奥が痺れて、一気に絶頂の波がエミリーの中を駆けあがってきた。

「ぁっ……あんっ……ぁぁっ……！」

中と外、両方の刺激に翻弄され、エミリーはびくびく身悶えを繰り返しながらまた絶頂へと上り詰めた。

「――……っ……すごい、締め付け……だな。全部、搾り取られそうだ……」

絶頂に痺れている中、レオナールがどんどん抽挿の動きを激しくしていく。

蜜の掻《か》き出《だ》されるジュブジュブとした音がさらに大きくなって、レオナールが気持ちよさそうに息を乱す。

「あっ……はぅっ……んんっ……んっ……ぁっ……んぅっ……はんっ……あっ……あぁっ……」

レオナールの気持ちよさそうにする顔が見たいのに、快感のあまり瞳が潤んで、視界がぼやけてしまう。

やがてレオナールも絶頂に達し、エミリーの最奥で濃い欲望をたっぷりと放った。

「エミリー……すまない。一度だけでは足りない……いいか？」

レオナールに強請《ねだ》られ、エミリーは瞳をとろけさせながら小さく頷く。

昨日も愛し合い、今日だけでも何度も達しているエミリーは体力的には限界を迎えていたし、満たされていたが、精神的にはもっと彼に愛してほしくて堪らなかった。

「あっ……でも、待って……今度はこの格好じゃなくて……」

「ああ、すまない。ずっとこの体位では辛かったな」

レオナールが自身を引き抜いてエミリーの足を下ろすと、膣口から蜜と欲望の証がトロリと溢れる。

「んっ……ううん、そうじゃなくて……レオナールにギュッて抱きしめてもらいながらしたい……さっきの体勢だと、手が届かないもの」

エミリーは覆《おお》い被《かぶ》さってきたレオナールの背中に腕を回し、ギュッと抱き付いた。

「……あまり可愛いことを言わないでくれ。ただでさえお前が愛おしすぎて壊れている理性が、さらに壊れる……」

ようやく両想いになれた二人はそれから寝食を忘れるほどお互いを求め合い、とろけるように甘い時間を過ごしたのだった。

エピローグ　永遠に手に入れた奇跡

エミリーとレオナールが旅行を終えて自国へ帰ると、ヴィクトルが二人の婚約パーティーを用意して待っていた。

二人は何も知らせていないし、メイドのポーラとエメにも、二人で直接伝えたいから何も言わないではしいとお願いしているので、彼女たちから知らされたということもない。

どうしてわかったのかと聞けば、好きあっている男女が追い詰められた状況で寝食を共にするのだから、何もないなんてありえないと笑っていた。

レオナールの予想通り、全てはヴィクトルに仕組まれたことだった、彼とエミリーの関係に長年じれったさを感じていて、何かきっかけを与えようとずっと考えていたらしい。

そして一番驚いたのが、アベルどころか、父やエミリーに仕える使用人たち全員が彼女の気持ちを知っていたことだった。

しかもヴィクトルから教えられたのではなく、エミリーの態度や行動で気付いたのだという。

ヴィクトル以外誰にも知られていないと思っていた気持ちだったのに、誰もが知っていたなんて……！

あまりにも恥ずかしくて穴があったら入りたくなったものの、それ以上にレオナールと両想いになれたのが嬉《うれ》しくてなんとか持ち直した。

そうして国へ帰り、すぐに婚約をしたエミリーとレオナールは、半年後には盛大な結婚式を行い、エミリーは姫から、アスカリド公爵夫人となった。

仮の婚約指輪をしていた左手の薬指には、今では結婚指輪がはまっている。

ダイヤで全周をぐるりと囲み、主役である真ん中には、エミリーの希望でレオナールの瞳と同じ色の石である大きなアメジストを付けてもらった。

婚約指輪にもアメジストを使ってもらい、結婚した今では仮の婚約指輪であったガラスの指輪と一緒にして、ジュエリーボックスの中に保管してある。

もちろん中には、レオナールが昔くれたブローチも入っている。結婚指輪と共に、エミリーの大切な宝物だ。

時折……というよりも、ほぼ毎日取り出しては眺めて、レオナールと人生を共にできることに感謝し、今の幸せを噛《か》みしめて口元を綻ばせている。

レオナールが入浴している間、エミリーは寝室のソファに座って、ジュエリーボックスを開いて指輪を眺めた。

明日は新婚旅行へ出発する予定となっている。半年前に乗った豪華客船に乗り、同じ国を回る予定だ。

今度は嘘の恋人としてではなく、新婚夫婦として……。

思い出の品は購入しないようにしていたけれど、今回の新婚旅行ではたくさん購入しようと話している。もちろんあの時には買えなかったワイングラスもだ。

「うふふ」

婚約指輪を結婚指輪に重ねて付けて、右手の薬指にガラスの指輪を付けてみる。幸せで胸がいっぱいになり、指輪を撫《な》でながら一人で思わず笑ってしまうと――。

「エミリー、また見ているのか？」

「ひゃっ！」

入浴を終えたらしいレオナールがいつの間にか後ろに居て、驚いて思わずジュエリーボックスから手を離してしまう。

「おっと」

レオナールがすかさず手を伸ばし、片手でジュエリーボックスを受け止めた。

「ありがとう。戻ってきていたのね」

レオナールはエミリーの隣に座ると、ジュエリーボックスを前にあるテーブルに置く。

「……嫉妬してしまうな」

「嫉妬？　何に？」

エミリーが首を傾げると、レオナールは彼女の手を掴《つか》んで左手の薬指にキスを落とす。

レオナールからは石鹸《せっけん》の匂いがふわりと香る。もっとこの香りを堪能したくて、エミリーは彼の胸にそっと身体を寄せた。

「指輪ばかりではなくて、俺のことも見て、触ってくれ」

指輪に嫉妬するレオナールが可愛くて、胸がキュンとしてしまう。

レオナールと両想いになってから、彼のことがもっと好きになった。幼い頃からレオナールはとても格好良くて、大人で、可愛いところなんて一つも見つけられなかったし、あるなんて思わなかった。でもそれは、エミリーを女性としてではなく妹として見ていて接していたからで、見せていなかっただけだとようやくわかった。

レオナールは恰好良《かっこうよ》くて、大人で、それから時々可愛い。そんな彼が大好きで、愛おしくて堪らない。

「ふふ、触ってもいいの？　どこでも？」

「ああ、どこでも」

「じゃあ……えいっ！」

悪戯心が湧いて、エミリーはレオナールの脇腹をくすぐってみることにした。

まさかそうくるとは思わなかったらしい。完全に油断していたレオナールは、呆気《あっけ》に取られてエミリーに思いきりくすぐられてしまう。

「こ、こら、エミリー……はは っ……こら、くすぐったいだろう」

「うふふ、くすぐってるんだもの。くすぐったくて当たり前だわ。どこでも触っていいんでしょう？　じゃあ、こっちも」

レオナールは意外にもくすぐられる刺激に弱いらしい。首や脇の下をくすぐっていると、本気でくすぐったいようで身体をよじらせながら笑い続ける。

「こ、こら、エミリー……くくっ……や、やめないか……ははっ……！」

「きゃっ……！」

レオナールはエミリーの攻撃を避けているうちにそのまま後ろに倒れ、そのままエミリーもレオナールを押し倒す形で倒れてしまう。

「レオナール、大丈夫？　頭はぶつけていない？　ごめんなさい。私、調子に乗ってしまって……」

「大丈夫だ。大丈夫だが、仕返しはさせてもらわないとな？」

レオナールがニヤリと意地悪な笑みを浮かべ、エミリーに手を伸ばす。

「あっ……わ、私、くすぐられるのは、本当に苦手で……っ……ぁっ……」

慌てて逃げ出そうと身体を起こすと、レオナールの手がナイトドレスの裾から中に潜り込んできて、エミリーの太腿《ふともも》を撫で始めた。

それはくすぐるのではなくて、別の意味での触れ方のように感じる。

「レ、レオナール……？　ぁっ……」

レオナールが身体を起こし、今度はエミリーを押し倒す。

「形勢逆転だな？」

意地悪な笑みを浮かべ続けるレオナールは、空いている方の手で、エミリーの胸の先端をナイトドレス越しにくすぐり出す。

「ぁんっ……待って……明日は早いから、今日は早く寝るんじゃ……なかったの？」

「ああ、そうだな。……早く終わらせていいのか？」

「は、早くって……ぁんっ！」

もうすでに起《た》ち上《あ》がり始めていた胸の先端を指先でピンと弾《はじ》かれると、大げさなぐらい身体が跳ねてしまう。

まだほんの少し触れられただけだというのに、お腹の奥がじわじわ熱くなり、花びらの間が潤み始めていた。

「それとも、このまま寝るか？」

「もう、レオナールの意地悪……私が寝るって言わないと思ってるから聞いているでしょう？」

このまま寝るだなんて、不可能だ。既に身体が熱くなり始めていて、こんな状態ではとても眠ることなんてできない。

「寝ると言われたら、お前がその気になってくれるまで触れるまでだ」

「ふふ、もう意地悪……」

お互いどちらからともなく顔を近付け、唇を重ね合う。甘いキスは舌だけではなく、身体の芯や心までもとろかせていく。

「……次の日早起きをしなければならないと思うと、夜更かししたくならないか？」

レオナールが悪戯っぽく微笑《ほほえ》み、エミリーもつられて笑う。

「ふふ、ええ……そうね。だからレオナール、早くじゃなくて、ゆっくり愛してね……？」

「ああ、もちろんだ」

アスカリド夫妻の寝室からは、夜明けまで甘い声が響いていた。

翌日の二人は当然寝不足で、乗船して早々ふかふかのベッドに寝転び眠り込んでしまったことは言うまでもない。

番外編　不器用で大きな愛情

あれはエミリーが四歳だった頃だ。ヴィクトルと共にした政務の帰りに、アスカリド公爵邸の近くを馬車で通った。

『あっ！　ヴィクトルお兄様、とめてっ！　レオナールお兄様にお会いしていきましょうよ』

『突然行っても、いないかもしれないよ？』

『でも、いらっしゃるかもしれないわ！　ねぇ、お願いっ！』

『仕方がない子だね。いいよ。寄っていこう』

レオナールが大好きなエミリーは彼に会いたくて堪《たま》らなくなり、ヴィクトルに我儘《わがまま》を言って彼の屋敷を訪ねた。

しかしレオナールは留守で、代わりに彼の父が居た。白髪交じりのブルネットの髪に、レオナールと同じ紫色の瞳だ。

『ヴィクトル王子、せっかく来ていただいたのに申し訳ございません』

レオナールお兄様のお父様……。

『いえ、約束もしていませんでしたし、突然来て申し訳ございませんでした。また出直します』

『せっかくお越しいただいたのですから、お茶でもいかがですか？　今日は特に冷え込みが強い。どうか温まっていって下さい』

『お心遣いありがとうございます。では、いただきます』

ヴィクトルは笑顔だったが、心からの笑顔ではないのだろうと、妹であるエミリーはすぐにわかった。

ヴィクトルは以前、レオナールの父を苦手だと、レオナール本人とお茶をしながら話していた。立ち振る舞いや喋《しゃべ》り方がとても威圧的で、蛇に睨《にら》まれた蛙《かえる》にでもなった気分なのだと。

実の父親の悪口を言われながらも、レオナールは怒らなかった。むしろ苦笑いを浮かべて『その気持ち、とてもよくわかる』と同意していた。

しかしエミリーは、そうは思わない。アスカリド公爵を目の前にすると、確かに背中がシャンと伸ばしたくなるような緊張感はあるけれど、嫌だとは思わない。

『おや、ヴィクトル王子、ズボンの裾に汚れが……』

『ん？　ああ、先ほどぬかるんだ道を歩いたものですから』

ヴィクトルは遠慮したがアスカリド公爵に押し切られ、エミリーを残して汚れを取ってもらうために別室へ移動した。

『エミリー姫は、私と一緒にお茶をしていましょうか』

アスカリド公爵は床に膝を突き、エミリーの背の高さまで屈《かが》んで話しかけてくれる。レオナールと同じだ。

『お菓子は何がお好きですか？　エミリー姫のお口に合えば良いのですが』

エミリーの好きなものを知ろうとしてくれることも一緒だ。アスカリド公爵の方がほんの少し低いけれど、レオナールと声も似ている。

『うふふ』

なんだかそれが嬉しくて、心の中が温かくなって、エミリーは思わず笑ってしまう。

『エミリー姫、どうしました？』

『おじさま、レオナールお兄様とそっくりだわ』

アスカリド公爵はレオナールそっくりの瞳を丸くし、やがて細めた。

『そうですか？』

『ええ、そっくり！　レオナールお兄様はいつもたくさん遊んでくれて、とっても優しいの。私、レオナールお兄様が大好きっ！』

『そうですか……』

短い一言だったけれど、とても柔らかい声音だった。

『おじさまも、レオナールお兄様が大好き？』

アスカリド公爵はまた目を丸くし、ほんの少し頬を赤く染めながら、口を開けたり閉じたりを繰り返す。なかなか返事がこないので、エミリーは首を傾《かし》げてアスカリド公爵の顔を覗《のぞ》き込《こ》み、もう一度訪ねる。

『好き？』

『ええ、大好きですよ。私は不器用なものであいつとは上手《うま》く接することができませんが、愛する妻が残してくれた大切な一人息子です。心の底から愛しています』

難しくてほとんどの意味がわからなかったけれど、レオナールの父もレオナールを大好きだということだけはわかって嬉しくなる。

『エミリー姫、このことは内密に……』

『ないみつ？』

『内緒ということです。私が言ったことは、レオナールに内緒にしてください。恥ずかしいので』

さっきまで頬が少し赤いだけだったのに、今では耳まで真っ赤だ。

『うふふ、わかったわ。内緒』

『ありがとうございます』

◆◇◆

「ん……」

とっても懐かしい夢を見たわ……。

「ああ、すまない。起こしてしまったか？」

どうやら暖炉の前にあるソファで、うたた寝をしてしまったらしい。身体にはさっきまでなかったブランケットがかかっている。

「本を読んでいるうちに、眠っちゃったみたい。ブランケットをかけてくれたの？　ありがとう」

「風邪を引いては大変だ。眠る時はちゃんとベッドで休んでくれ」

「ふふ、ごめんなさい。今度からは気を付けるわね」

レオナールはエミリーの隣に腰を下ろすと、ブランケットの上からエミリーの大きくなったお腹をそっと撫でた。

結婚してから一年ほどが経《た》ち、エミリーのお腹の中には二人の愛の結晶が宿っている。二か月後には出産予定だ。

「体調に変わりはないか？」

「ええ、今のところ大丈夫よ。お腹が重たくて大変だけど」

にっこり笑って答えると、レオナールの表情が硬い。

「そうか、よかった。……何か不安などはないか？」

そう尋ねるレオナールの方が不安そうな顔をしているので、思わず笑ってしまう。

「初めての出産だから、陣痛と出産はどれくらい痛いのかしらーとか、色々と不安はあるけれど、大丈夫よ。それよりもレオナールの方が不安そうだわ。何か不安があるの？」

「……いや、大丈夫だ」

全く大丈夫そうに見えないから、エミリーはまた笑ってしまう。

「レオナール、私はもう小さな女の子じゃないし、あなたの妻だわ。私の不安を聞くのなら、あなたの不安も聞かせて。私たちは兄と妹じゃなくて、夫婦なのよ」

レオナールの膝に手を乗せると、彼が手を重ねてギュッと握ってくれる。

「お前には敵《かな》わないな」

「うふふ、それでどうしたの？」

「腹の中にいる子に、ちゃんと父親らしいことをしてやれるか心配なんだ。どう愛情をかけてやればいいか、経験がないからいまいちわからない」

「レオナールがおじさま……お父様からしてもらったことをしてあげればいいと思うわ」

「俺は父から嫌われていたからな。知ったかぶりで行動して、間違ったことをしたら、この子が傷付いてしまわないか……不安で堪らない。エミリー、俺は立派な父親になれるだろうか」

「レオナールが、おじさまに嫌われている？」

エミリーは首を傾げて聞き返すと、レオナールは苦笑いを浮かべて頷《うなず》く。

『ええ、大好きですよ。私は不器用なものであいつとは上手く接することができませんが、愛する妻が残してくれた大切な一人息子です。心の底から愛しています』

昔、アスカリド公爵が話していたことを思い出し、エミリーは口元を綻ばせた。

ああ、今ならあの時おじさまが言っていた意味がわかるわ。

「そんなことないわ。おじさまは、レオナールのことを大好きだったの。ただおじさまは不器用だっただけよ」

「慰めてくれてるのか？　ありがとう」

「そうじゃないわ。実はね……」

おじさま、ごめんなさい。もう内緒じゃなくて、いいわよね？

昔のことを話すとレオナールは目を丸くし、やがて温かな涙をこぼした。

「親になったからといって、初めから完璧でなくていいと思うの。大丈夫よ。もし、あなたと子供の間に誤解が生じることがあれば、私がわかってくれるまで話すわ。でも私が間違いを犯して、子供を傷付けてしまうことがあれば、あなたがわかってくれるまで話してあげて」

「ああ……」

「大丈夫。私たち、きっととても幸せな家族になれるわ」

「ああ、そうだな……」

涙を流すレオナールを抱きしめ、エミリーも優しい涙を流した。

夢にレオナールの父が出てきたのは、もう自分は伝えられないから、エミリーの口から伝えてほしいという意味だったのかもしれない。


それから数年後――二人の間には四人の子供たちが生まれた。子供たちはすくすくと成長し、今日もアスカリド公爵邸には、幸せそうに笑う子供たちの声が絶え間なく響いている。

「お父様、抱っこしてっ！」

「次は僕の番だよ！」

「やだっ！　私の番だもん」

「ずるい、ずるいっ！　お父様、僕だよね？」

レオナールが外出して帰宅すると、子供たちは我先にと走ってきて、抱っこをせがむのがいつもの光景となっていた。

「こら、お父様は帰ってきたばかりで疲れているんだから、あまり騒いじゃ駄目よ」

エミリーに窘《たしな》められても、子供たちはレオナールの手足にしがみ付いて離れない。

「エミリー、大丈夫だ。疲れてなどいない。というか、お前と子供たちの顔を見たら吹き飛んだ。皆、いい子にしていたか？　順番に抱っこしてやるが、初めにお母様にただいまのキスをしてからだ」

レオナールはエミリーの唇にチュッとキスをすると、子供たちを順番に抱きあげてやる。そんな夫と子供たちの姿を見て、エミリーは幸せそうに口元を綻ばせた。

――ねぇ、レオナール、言ったでしょう？　私たち、幸せな家族になれたわ。

あとがき

こんにちは！　七福さゆりです。このたびは私の作品をお手に取って下さり、誠にありがとうございます！　今月は蜜猫文庫様が三周年を迎えられたとのことで、そんな記念の月にお邪魔することが出来てとても嬉しかったです！　蜜猫文庫様おめでとうございます！　そしてありがとうございました！

イラストをご担当して下さったのは、池上紗京先生です！　普段は一ファンとして、池上先生のイラストを拝見していたので、私の作品でご担当して頂けるなんて夢みたいでした！　池上先生、そしてこんな素敵な機会を下さった担当様、蜜猫文庫様、本当にありがとうございました！

さてさて、何を書こう！　そうだ！　ページ数の関係上入れられなかったエピソードがありまして、せっかくなのであとがきにてお伝えさせて下さい！

本編中に出てきたエミリーの日記は、彼女が旅行中にヴィクトルが探し出して複写し、レオナールに結婚祝いとしてこっそりプレゼントしています。レオナールは一応受け取りましたが、『人の日記なのだから見てはいけない……』と思って、中身を見ないようにしています。

でもヴィクトルから『お前への愛が、たっぷり綴られているよ』という情報を聞いて気持ちが揺れて、ついに見てしまいました。嬉しくて何度も見返しているところをエミリーに発見されて夫婦喧嘩に！（ただし仲直り後は更にラブラブです）ということがあります。

……はぁ～～スッキリ！（笑）あとがきに書けてよかった！

さて、二月といえば、バレンタインですね！　読者の皆様はチョコ、買いましたか⁉　私はバレンタイン時期になるとデパートに出向き、チョコを買いまくるのが恒例行事となっています！（もちろん自分用！）バレンタイン時期にしか食べられないお店のチョコがズラリと並ぶので、ワクワクしちゃいます！　ちょっとしたお祭り気分！

去年はレンコンのチョコレートを買いました！　蜜漬けされたレンコンがビターチョコでコーティングされているもので、噛むとシャキッ☆という歯ごたえですーっごく美味しかったです！　今年も食べたい……。今年も出店していることを祈るばかりです。去年食べ尽くした後の一年間、ずっと忘れられなかった……！（笑）

おぉう！　そんなこんなで、あっという間にスペースが埋まりました！　それではまたどこかでお会いしましょう！　ありがとうございました！


年末年始の食事でひたすらデブり、バレンタインでさらにデブる七福さゆりでした。

蜜猫 Mitsuneko Label

蜜猫文庫をお買い上げいただきありがとうございます。
この作品を読んでのご意見・ご感想をお聞かせください。
あて先は下記の通りです。

〒102-0072　東京都千代田区飯田橋 2-7-3
(株)竹書房　蜜猫文庫編集部
七福さゆり先生 / 池上紗京先生

公爵様の可愛い恋人

2017年3月1日　初版第1刷発行
著　者　七福さゆり　
発行者　後藤明信
発行所　株式会社竹書房
〒102-0072 東京都千代田区飯田橋 2-7-3
電話　03(3264)1576(代表)
03(3234)6245(編集部)
デザイン　antenna
印刷所　中央精版印刷株式会社

Printed in JAPAN
ISBN978-4-8019-1004-1　C0193
この作品はフィクションです。実在の人物・団体・事件などには関係ありません。

すずね凛
Illustration Ciel
身代わりの新妻は伯爵の手で甘く囀る
子作りのための結婚!? 冷たいはずの夫の指は狂おしく甘くて
男爵令嬢アデルは出奔した姉の身代わりに家の負債を肩代わりしてくれる伯爵の元に嫁ぐことに。相手のローレンスは意外にも若く美しい男性だった。思わずときめくも、彼は跡継ぎのためだけの結婚だと彼女を突き放す。傷付くアデル。だが初夜の彼は初めての彼女に優しく触れ、官能を教えてくれる「いいね。君はどこもかしこも感じやすい」次第に彼の誠実さを知り心惹かれるアデルだがローレンスも初々しい彼女に心を動かし始め!?